喚醒你的英文語感！

Get a Feel for English !

喚醒你的英文語感！

Get a Feel for English !

Hi, I'd like a table
for four at 7:15.

I'm a big fan of football.

I highly recommend their ice cream.

What do you think of
going to Peru this summer?

Did you have an
enjoyable trip?

Thanks for
having us over.

用 **facebook** 邊玩邊學
宅出 好 英 文

用對方法，學英文也會上癮！🔍

附一片非聽不可MP3

英語表達力有效提升！
7大實用主題 + facebook 介面的情境學習，有效吸收，英語表達不結巴！

31
每天都報到，學不會也難！
精挑 facebook 線上遊戲 + 學習網站，掌握訣竅，用玩的也能學英文！

聽說讀寫一起進步！
多元化的內容設計，四種能力有效強化！

上班族、學生都適用！
自我介紹、聊天、用餐、邀請、推薦、討論、表達意見……等，這一 book 通通有！

作者的話

在和朋友維持關係方面，我真是糟透了。打電話給我，我可能沒接（因為我的電話通常都是處於震動模式、深埋在包包底部）。寫信給我，我鐵定不會回（通常是因為我太懶，然而當初是我的主意，要寫信和美國的一位朋友保持聯絡。第一個月她寫了三封信給我，我卻連一張明信片都沒寄給她）。你一定猜到了，很多朋友都因為我的漠視而慢慢不見了。

這個情況一直持到續到 Facebook 出現。它一問世，我就無法停止使用它。我恣意地寄發訊息、興奮地貼文在朋友的塗鴉牆，張貼許許多多的照片和中學老友以及大學新伙伴分享。我變成了一隻 Facebook 怪獸。每當我收到新 eamil 通知某某某加我為好友、或是留言在我的塗鴉牆，別人就會聽到我在房間裡因滿足而發出的狂笑聲。真的是一隻 Facebook 怪獸，沒騙你。不用說，在接觸 Facebook 後，我的朋友關係變好也變多了。事實上，這也是我要寫這本書的部分原因。因為我們大部分的人每天都在使用 Facebook，我們也可以善用在使用它的這些時間來擴展社交領域——甚或是知識廣度，以及加強像英文這方面的技能。

作為一種社交工具，Facebook 讓我們更加貼近生活中的人們與社群；作為一種語言學習資源，它則有辦法以我們從來沒想過的方式，幫助我們擴展原有的社群。因此，我希望本書能協助各位從 Facebook 更加了解朋友、英文、世界，當然還有你自己。

那就祝各位親愛的讀者 Facebook 愉快囉！

I'm horrible at keeping in touch with people. Call me, and I might not pick up (usually because my phone is on vibrate and buried deep in the depths of my handbag). Write me a letter, and I'll definitely not write back (usually because I'm too lazy to, although it was my idea to communicate by letter with a good friend in the States; she wrote me three in the first month, and I've yet to send her a postcard). As you can guess, a lot of my friendships faded due to my inattention.

… Until Facebook came along, that is. Once introduced, I couldn't stop using it. I sent messages with careless abandon, gleefully posted on friends' Walls, and posted pictures galore to share with old high school buddies and new college pals. I became a Facebook beast. People would hear roars of self-satisfaction coming from my room whenever I got a new email from the site informing me that so-and-so had added me as a friend and/or written on my Wall. A Facebook beast, I tell you! Needless to say, my friendships strengthened and increased in number after my exposure to Facebook. That's kind of why I decided to write this book, actually. Since most of us use Facebook every day, we might as well take advantage of our time using it to broaden our social—perhaps even intellectual—horizons and to brush up on skills like English.

As a social networking tool, Facebook brings us closer to the people and communities in our lives. As a language learning resource, however, it can help us expand beyond those networks in ways we never imagined. It is therefore my hope this book will help you on your journey through Facebook to learn more about your friends, about English, about the world, and—of course—about yourself.

Happy Facebook-ing, dear reader!

Victoria

Contents 目錄

Part 1　Online Learning ── 原來 Facebook 有這些！

14 ■ 生活英文
Restaurant City、FarmVille

27 ■ 英文單字
Spelling, Vocabulary, and Confusing Words、Sparky Words、Flashcards、
GRE GMAT SAT Vocabulary Flashcards

33 ■ 英文閱讀
Project Gutenberg、The New York Times、The BBC

37 ■ 英文聽力
Listen to English、Voice of America、The BBC、CNN Dictation 大練功

Part 2　Offline Learning ── 還可以用 Facebook 這樣學！

43 ■ Chapter 1　About Me「關於我」── 自我介紹就該這樣做
學習重點：自我介紹、談論興趣、談論職業

61 ■ **Chapter 2　The Wall「塗鴉牆」──聊天哈啦看這邊**

學習重點：談論各種話題：詢問近況、電影、旅行、購物、政治與時事

87 ■ **Chapter 3　Groups and Fan Pages「粉絲團」──好東西要與大家分享**

學習重點：討論、意見交換、表達同意 / 不同意、推薦

100 ■ **Chapter 4　Events「活動」──邀請大家一起來**

學習重點：活動安排、說明活動細節、提出邀請、接受 / 拒絕邀請、表達感謝

111 ■ **Chapter 5　Online Language「線上用語」──這樣聊才夠 e 世代**

學習重點：母語人士常用的縮寫、表情符號、網路新字

本書使用說明

本書的第一部分精選了 **Facebook** 的熱門遊戲和學習網站，讀者可從網址找到該網站（或是用網站名稱來搜尋也很便捷喔）。

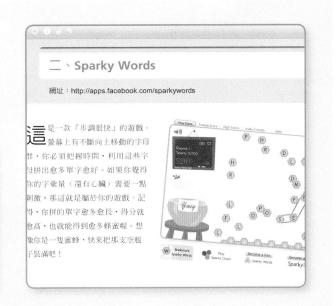

Tip：食材市場（the ing顯示了許多不同的食材材字彙。每種食材還附了什麼嗎？只要看看單字念。很簡單，對吧？下英語點個 cream-based義大利麵，秀一手給朋換，所以你每天都能學到

二、Sparky Words

網址：http://apps.facebook.com/sparkywords

這 是一款「步調很快」的遊戲。螢幕上有不斷向上移動的字母群，你必須把握時間，利用這些字母拼出愈多單字愈好。如果你覺得你的字彙量（還有心臟）需要一點刺激，那這就是屬於你的遊戲。記得，你拼的單字愈多愈長，得分就愈高，也就能得到愈多蜂蜜喔。想像你是一隻蜜蜂，快來把那支空瓶子裝滿吧！

本書的第二部分是 Facebook 介面的情境教學。

1
各章節的句型教學，句型以粗體字標示，讀者可自行替換的內容以底線標示。

▶

○ 點餐 **Ordering**

Waiter: What can I get for you?
服務生：您要我幫您點些什麼呢？

Guest: **I'd like the** dish, **please.** ❶
客人：我要（餐點），麻煩你。

▶ **I'd like the** burger with fries, **please.**
我要漢堡加薯條，麻煩你。

I'd like a small salad with dressing on the side, **please.**
我要小份沙拉，醬料擺旁邊，麻煩你。

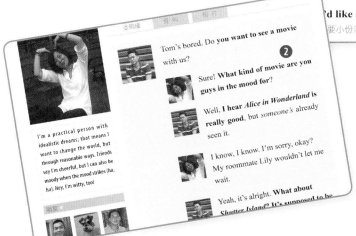

◀ ## 2
讀者可從對話內容進一步熟練句型用法，粗體字為該章節的重點句型。

3 可從音軌軌數找到對應的 MP3 音檔，讀者可用來跟著開口說或是練習聽力。

6. 用餐好用句 💿 Track 02 ❸

在〈餐廳城市〉學完餐點詞彙、飲食文化等，接著，我來補充一些用餐必備的好用句子，相信你的英文表達可以如虎添翼，出國旅遊吃得開心、和外國客戶用餐也會顯得更有自信！

○ 訂位 **Making a Reservation**

Host: Mario's Café. How can I help you?
老闆：馬里歐咖啡廳。我有什麼可以為您效勞的嗎？

Guest: Hi, I'd like a table for number of people **(on** day) **at** time.
客人：嗨，我想訂（星期）（時間）的（人數）桌。

4 各章節穿插 FYI（For Your Information 的縮寫）小單元，補充與該章節相關的英語現象或知識，讓讀者更貼近母語人士的生活。

「宅」是新的性感象徵 💿 Track 07

相當有趣的是，中文形容這種文化只用了一個字「宅」，而英文通常要用三個字：nerd（書呆子）、geek（怪人）、dork（笨蛋）。每個字的意義都有細微的差別——dork 不見得是 nerd，nerd 不見得是 geek。看看以下的內容，你就會明白我的意思。

1. nerd（名詞）：好學的人，而且通常是過分好學。基本上就是全心專注於學業的人，並常常因此令人討厭。形容詞是 nerdy。

Part 1
Online Learning

原來 Facebook 有這些！

精選 Facebook 線上遊戲和學習網站，圖解學習撇步，讓你在上網悠遊的同時，也能一併強化英文。

一、Restaurant City（餐廳城市）

網址：http://apps.facebook.com/restaurantcity/?pf_ref=sb&ref=ts

下次被媽媽抓到在狂打線上遊戲時，就直接跟她說：「我是在學英文。」我知道、我知道……我們不應該對媽媽撒謊，可是相信我——你是在說實話。為什麼？！因為 Facebook 上的遊戲真的可以讓你一面玩樂（好耶！）、一面學英文。

以 Restaurant City〈餐廳城市〉這個受歡迎的遊戲為例。在瀏覽菜單上的菜名時，例如：dim sum「（港式飲茶的）點心」，你可以從當中學到英文字彙。在向店家購買椅子和盆栽植物來美化餐廳時，則會提升你的裝潢審美技巧。假如你曾經夢想身兼室內設計師和餐廳老闆，那這就是屬於你的遊戲！每日問答（Quiz）也是測驗你對於飲食和飲食文化有多了解的絕佳方式。由於 Quiz 是用英文來出題，所以也等於是閱讀練習。最棒的部分是，Restaurant City 只是 Facebook 上可以用來學英文的其中一款遊戲。我敢說，你可不曉得遊戲也能這麼有教育性，對吧？

①. 城市速覽

身為一個業餘的美食家，我會假裝關心料理是怎麼做的。但實際上，我只喜歡吃美食。不過，〈餐廳城市〉卻把了解烹飪藝術變得十分有趣。從食物問答到食材市場（the ingredient market），這款遊戲提供了一大堆用語來讓各位學習。下次你在為自家餐廳的菜單（menu）狂買食材時，花點時間去吸收一下你所看到的英文單字吧。

你大概猜得到，〈餐廳城市〉是一款由你自己來經營餐廳的遊戲。你要負責購買食材、管理員工，以及設計餐廳的外觀。從工作人員所要穿的制服（uniform），到餐廳所要用的餐桌類型，你都能自己決定。要多瘋狂，就多瘋狂！讓服務生穿上粉紅色的圓領衫？沒問題！餐廳用綠色的地板？當然好！它有無限的可能性……。

當然，這款遊戲的主要重點在於，盡量讓你的餐廳成功又美觀，我想這也是現實生活中的餐廳老闆共同的心願。管理技巧

（management skills）不可或缺，例如要是你的餐桌擺得離爐具（stove）太遠，工作人員上菜的速度就會變慢，並因此降低顧客滿意度。「有錢能使鬼推磨。」（Money makes the world go 'round.）這句話在虛擬世界裡同樣適用，你的收入決定了你能買哪幾種材料。顯而易見的是，你的收入愈高，菜單就會愈棒，餐廳的外觀也會愈漂亮！

〈餐廳城市〉目前有好幾千萬個用戶。你是其中之一嗎？假如不是的話，加入去看看大家在瘋什麼吧！

2. Quiz（每日問答）

Step 1

Tip：食物問答是我最愛的特色之一。不但可愛，而且又有教育性。對想學英文的遊戲玩家來說，它有個額外的好處，那就是提供了英文詞彙。

以這個問題為例，想要答對，你就要先知道椰子（coconut）是什麼，接下來則是根（root）、水果（fruit）和蔬菜（vegetable）有什麼不一樣……必須在 10 秒內作答完畢喔！這題的答案是：fruit。

Step 2

Tip：答對題目可以得到獎賞，也可以學到另一個英文詞彙：pepperoni（義式臘腸），噢，這同時也可以作為你的餐廳食材。一舉數得，對吧！

3. 食材市場

Tip：食材市場（the ingredient market）用英文顯示了許多不同的食材，使你很容易學會各類食材字彙。每種食材還附了圖片。不確定 cream 是什麼嗎？只要看看單字底下的圖片，你就會有概念。很簡單，對吧？下次去義式餐廳時，不妨用英語點個 cream-based sauce「以奶油佐醬」的義大利麵，秀一手給朋友看看。食材每天都會更換，所以你每天都能學到新詞彙喔。

4. 菜單

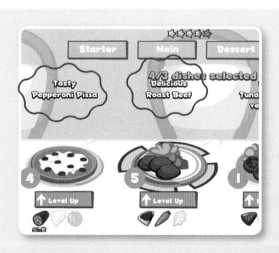

Tip：菜單（menu）功能是在列出餐廳裡的菜色，但在你取得必要的食材前，它們會被封鎖起來，包括了：前菜（starter）、主菜（main dish）、甜點（dessert）、飲料（drink）等。學會這些字彙，到國外旅遊享受美食、或是向外國客戶介紹菜色，都可以得心應手。

看看兩道被圈起來的主菜選項，你可以發現，在形容餐點好吃時，tasty 和 delicious 都是常用的形容詞。此外，roast beef 則顯示出 roast（烤）和 beef（牛肉）這二個字經常一起搭配使用，是一道常見的餐點「烤牛肉」。

5. 餐城時報

Tip 1：《餐廳城市時報》是〈餐廳城市〉旗下的報紙，專門在報導遊戲的最新消息，並包含了許多跟食物有關的文化用語。以這一份報紙為例，pretzel（椒鹽捲餅）是一種結狀的（knot-shaped）歐美零食，用麵糰做成，在很多地方都很受歡迎。

Tip 2：從《餐廳城市時報》可以進一步了解各類節慶的相關資訊。以聖派迪節（St. Paddy's Day）為例，它的正式名稱是聖派翠克節（St. Patrick's Day），是很多國家的民眾都會歡慶的愛爾蘭節日（Irish holiday）。它的日期是 3 月 17 日。當天記得穿上綠色，否則可能到處會有人捏你！

6. 用餐好用句　🔘 Track 02

　　在〈餐廳城市〉學完餐點詞彙、飲食文化等，接著，我來補充一些用餐必備的好用句子，相信你的英文表達可以如虎添翼，出國旅遊吃得開心、和外國客戶用餐也會顯得更有自信！

○ 訂位 Making a Reservation

Host: Mario's Café. How can I help you?
老闆：馬里歐咖啡廳。我有什麼可以為您效勞的嗎？

Guest: Hi, I'd like a table for number of people **(on** day) **at** time.
客人：嗨，我想訂（星期）（時間）的（人數）桌。

> **Hi, I'd like a table for** four **at** 7:15.
> 嗨，我想訂七點十五分的四人桌。

> **Hi, I'd like a table for** two **on** Wednesday **at** 1:30.
> 嗨，我想訂星期三一點半的兩人桌。

○ 確認訂位細節 Checking Reservation Details

Host: Hi, table for four?
老闆：嗨，四人桌嗎？

Guest: I have a reservation for (number of people **at**) time. **My name is ….**
客人：我訂的是（人數）（時間）。我的名字是……。

> **I have a reservation for** 6 o'clock. **My name is** Chen.
> 我訂的是六點。我姓陳。

> **I have a reservation for** two people at 12:45. **My name is** Tsai.
> 我訂的是十二點四十五分，兩位。我姓蔡。

○ 說明座位偏好 Specifying Seating Preferences

Waiter: Is this table OK?
服務生：這張桌子可以嗎？

Guest: Could we get a table …?
客人：我們的桌子能不能……？

> **Could we get a table** by the window, please?
> 我們的桌子能不能靠窗，麻煩你？

> **Could we get a table** in the non-smoking section?
> 我們的桌子能不能在非吸菸區？

○ 詢問菜餚 Asking About a Dish

Waiter: The chicken and fish are both excellent.
服務生：雞肉和魚肉都很棒。

Guest: How is the dish p.p.?
客人：（菜餚）是怎麼（過去分詞）？

▶ **How is the** chicken prepared?
雞肉是怎麼做的？

▶ **How is the** fish cooked?
魚肉是怎麼料理的？

○ 點餐 Ordering

Waiter: What can I get for you?
服務生：您要我幫您點些什麼呢？

Guest: **I'd like the** dish, **please.**
客人：我要（餐點），麻煩你。

▶ **I'd like the** burger with fries, **please.**
我要漢堡加薯條，麻煩你。

▶ **I'd like a** small salad with dressing on the side, **please.**
我要小份沙拉，醬料擺旁邊，麻煩你。

○ 索取額外項目 Asking for Extras

Waiter: Can I get you anything else?
服務生：還要我送什麼來給您嗎？

Guest: **Could I get some more** N, **please?**
客人：我能不能再要一些（名詞），麻煩你？

▶ **Could I get some more** napkins, **please?**
我能不能再要一些餐巾紙，麻煩你？

▶ **Could I get some more** water, **please?**
我能不能再要一些水，麻煩你？

○ 抱怨 Complaining

Waiter: How is everything?
服務生：一切還好嗎？

Guest: **The** dish **is (too)** Adj.
客人：（菜餚）太（形容詞）。

This steak **is** undercooked! I asked for well-done, not medium-rare!
這道牛排煎得不夠！我要的是全熟，而不是三分熟！

The salmon **is** too dry. I think it's overcooked!
鮭魚太乾了。我想它煎過頭了！

○ 索取帳單 Asking for the Check

Waiter: Is there anything else I can get for you?
服務生：您還有沒有要我幫您送什麼來？

Guest: **Could** ... V ... **the check, please**?
客人：能不能（動詞）帳單，麻煩你？

Could I have **the check, please**?
能不能給我帳單，麻煩你？

Could you give me **the check, please**?
你能不能把帳單給我，麻煩你？

○ 打包剩菜 Wrapping Up Leftovers

Waiter: Are you done with that?
服務生：這道您用完了嗎？

Guest: **Could you** V, **please**?
客人：你能不能（動詞），麻煩了？

Could you wrap this up for me, **please**?
你能不能幫我把這個包起來，麻煩你？

Could you give me a box for this, **please**?
你能不能給我個盒子來裝這個，麻煩你？

○ 帳單問題 Problems with the Bill

Cashier: Is there anything wrong?
收銀員：有什麼不對勁的地方嗎？

Guest: **I think you V** ....
客人：我想你們（動詞）。

▶ **I think you** gave me the wrong bill.

我想你們給錯帳單了。

▶ **I think you** overcharged me. What's this $13.50 for?

我想你們多收我的錢了。這筆 13.50 元是什麼的費用？

○ 付帳偏好 Payment Preference

Cashier: How would you like to pay?

收銀員：您要怎麼付款？

Guest: **Do you** V N?

客人：你們（動詞）（名詞）？

▶ **Do you** accept traveler's checks?

你們收不收旅行支票？

▶ **Do you** take Visa?

你們可以刷威士卡嗎？

▶ Cash.

現金。

○ 總結用餐體驗 Summarizing a Dining Experience

Guest 1: What did you think?

客人 1：你覺得怎麼樣？

Guest 2: **That was** Adj.!

客人 2：那真是（形容詞）！

▶ **That was** delicious! I think we should come back again next week!

真是好吃！我想我們下星期應該再來！

▶ **That was** horrible! The bread was stale, the burger was greasy, and the waiters were rude!

真是爛透了！麵包不新鮮，漢堡油膩，服務生又粗魯！

二、FarmVille（農場鄉村）

網址：http://apps.facebook.com/onthefarm/index.php

1. 農場速覽

假如你對所有的食物都不感興趣（在這裡要說句實話……那怎麼可能？），或許〈農場鄉村〉這款遊戲會比較合乎你的「口味」。在遊戲裡，你會有一座自己的虛擬農場（virtual farm），並可在上面栽種和收成想要的作物（crop），蓋新的房子，甚至是飼養動物。贏取緞帶（ribbon）會使你得到好東西，賺取錢幣能為你的農場添購物品。緞帶可以靠各式各樣的方法來贏取，其中之一是幫忙別的用戶照料農場。連買東西也有緞帶！假如你在虛擬和真實世界都是購物狂，那你一定會喜歡〈農場鄉村〉的「市集」（marketplace）功能。在這裡，你可以買到各種東西，像是狗狗和牽引機（tractor）。

最重要的是，〈農場鄉村〉提供了許多跟別的農夫互動的機會。你可以送個特別的禮物給朋友，並幫忙他們照顧農場，像是耙葉子（rake leaves）、餵雞、施肥等等。當然，善行不會沒有回報，以〈農場鄉村〉來說，你會賺到錢幣和「經驗值」。等你累積了足夠的經驗值，你就會升級，並獲得更多的錢幣與禮物。這是個雙贏的局面（win-win situation），對吧？

對學英文的人來說，〈農場鄉村〉可以用來學習新字彙、了解異國文化。把你的農場裝潢一下！學學你的裝潢要怎麼說！多種一些水果，順便學會它們的英文說法！去贏取一些緞帶獎章，認識一下頗具巧思的緞帶頭銜！……這一切和更多更多的東西都在〈農場鄉村〉等著你。還在等什麼呢，農夫？去種點東西吧——快！

《阿凡達》不光是詹姆斯·卡麥隆（James Cameron）的電影

我相信到現在為止，世界上大概有 99.23% 的人都看過《阿凡達》（Avatar）這部電影。你知道的，就是有藍色外星人以及超炫特效的那一部。但在這 99.23% 之中，有多少人知道 avatar 這個字是怎麼來的？還有，我為什麼突然要在談 Facebook 英文的書裡討論這個？

　　這個嘛，avatar 是梵文裡的字，意思是「下凡」。在印度教裡，avatar 尤其是指印度教的諸神來到凡間時所呈現的各種化身或顯像。同樣地，在網路世界裡，某個人的 avatar 就是他在虛擬世界的化身。很多 Facebook 遊戲的一開始都會讓玩家設計自己角色的造型，這個角色就是為了當作自己在網路上的分身，也就是 avatar。

例句

■ My Yahoo! avatar has blue hair and red eyes.
我的 Yahoo! 虛擬化身有著藍色的頭髮和紅色的眼睛。

■ Your avatar is more attractive than you are.
你的化身比本人還好看。

2. 農地

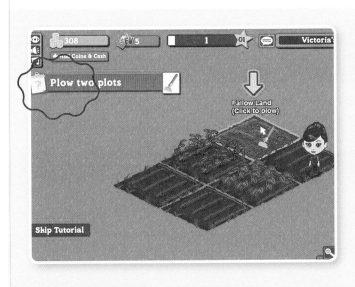

Tip：不用想也知道，〈農場鄉村〉裡有許多詞彙都跟農耕（farming）有關。不過，這些字也可以運用在農耕以外的情境中。以動詞「plow」為例，它的意思是把土翻鬆，以準備耕種。同樣地，假如我說我在「plow」人群以找出我的朋友，這就表示我在人群中穿梭時的樣子，有如犁具在鑿土。

例句

I'm plowing through a crowd in search of my friends.
我在人群中穿梭，找我的朋友。

3. 緞帶

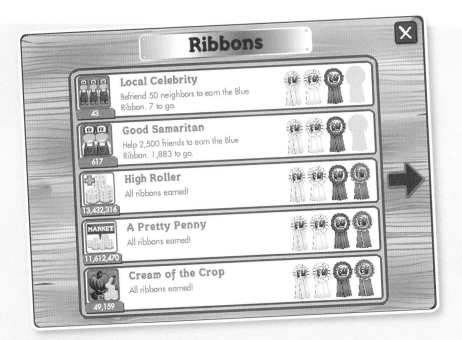

Tip：你知道每個緞帶獎章（ribbon award）的名稱也是個常見的英文慣用語嗎？是真的！

以 **good Samaritan** 為例，它是來自《聖經》的故事，講的是一個善良的撒瑪利亞人（Samaritan man）幫助一個陌生的猶太人，撒瑪利亞人和猶太人其實並不對盤。所以在日常用語中，這個詞是用來形容「**好心幫助別人的人**」。

High roller 則是指「花大錢奢侈度日的人」。另一個相關的片語是 spend **a pretty penny**「花掉一大筆錢」。

Local celebrity 則是「**當地眾所皆知的人**」。換句話說，這種人是在當地有名，而非全國或國際知名。

假如某事（或某人）是 **cream of the crop**，那就代表他／她／它「**出類拔萃**」。

下次玩遊戲時可以留意，得到各個獎章的行為跟獎章本身的命名有什麼關係？

片語、俚語補充包

如果對於學習片語和俚語有興趣，可以到下列網站逛逛：

http://www.idioms.thefreedictionary.com

http://www.usingenglish.com/reference/idioms/

4. 市場：Buildings（建築）

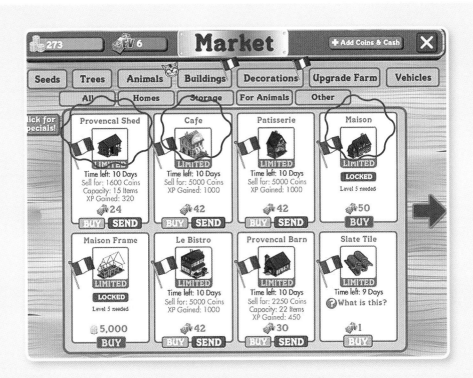

Tip：當你想要裝潢農場時，市場（market）就是你可以去的地方。在買東西的時候，記得要看看這些物品的英文，這樣你就有可能學到一些新字。上次我登入去玩時，市場上有個法文主題區。我不僅有機會學到一些基本的法文，也因為裡面所提到的字十分常見，所以在英文裡也通用。

大家常見的 café 指的是讓我們去滿足基本吃喝的非正式場合，maison 則是 house 的法文字。

Provencal 這個字指的是「普羅旺斯的風格」——普羅旺斯（Provence）是法國的一個地區……你對它的產品大概很熟悉。怎麼說？這個嘛，人氣商店歐舒丹（L'Occitane）所賣的物品就是依普羅旺斯的傳統所製造。事實上，該公司的全名是「普羅旺斯的歐舒丹」（L'Occitane en Provence）。你看，我們只是玩個遊戲，就變得很有異國風情呢！

5. 市場：Vehicles（交通工具）

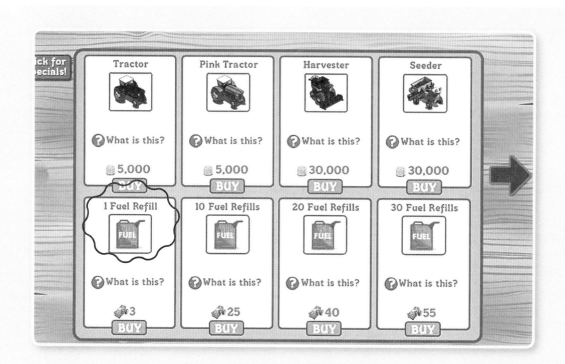

Tip：等你的等級夠高，可以購買牽引機（tractor）時，你就需要到市場上為機器補充燃料。此時你可能會發現，自己搞不太懂 fuel、gas 和 petrol 這幾個字的差別，因為它們經常被交替使用。

你有多少次聽過英語母語人士談到 rising gas prices「上漲的油價」或 alternative fuels「替代性燃料」？學英文的朋友，別再擔心了！這三個名詞有個相當簡單的解釋：

Fuel 是能產生能量的物質（energy-producing substance）的通稱。Gasoline 或簡稱的 gas 則是一種可當作機動車（motor vehicles）燃料的產能物質。Petrol 是跟 gas 一樣的東西，只是美國人比較常用 gas 的說法，英國人則偏好 petrol。

一、Spelling, Vocabulary, and Confusing Words（拼字、字彙和易混淆字）

網址：http://www.facebook.com/apps/application.php?id=78077087686

你知道 ear、heir、err 這幾個英文單字的區別嗎？我是指，除了它們相似的發音之外。那 elude 和 allude 又有什麼差別呢？如果你不知道答案，不用擔心，因為這個有趣的遊戲就要是教你這些常見的易混淆字。如果對自己有信心，還可以向你的朋友下個挑戰書，一起來測試你們分辨這些單字的能力！

Step 1：題目說明

Tip：進入遊戲後，題目都是以選擇題型式出題，你必須在一組容易混淆的單字選項中，選出與題目指定的 meaning（意義）相符的單字。以這題來說，與 make a mistake 相符的單字是 err（犯錯）。

Step 2 ：作答與評量

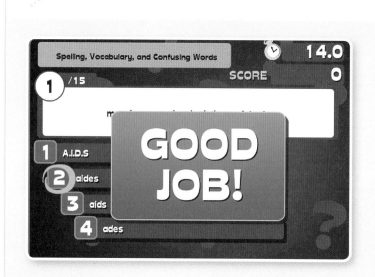

當你答對時，這個振奮人心的 GOOD JOB（做得好啊！）就會顯示在螢幕上。

喔喔，當這個大大的 SORRY! 出現時，就表示你答錯囉！

小心啊，每題都有 15 秒的作答時限，如果你不想看到這個血淋淋的 OUT OF TIME!（時間到！），就把握時間作答吧！

二、Sparky Words

網址：http://apps.facebook.com/sparkywords

這是一款「步調很快」的遊戲。螢幕上有不斷向上移動的字母群，你必須把握時間，利用這些字母拼出愈多單字愈好。如果你覺得你的字彙量（還有心臟）需要一點刺激，那這就是屬於你的遊戲。記得，你拼的單字愈多愈長，得分就愈高，也就能得到愈多蜂蜜喔。想像你是一隻蜜蜂，快來把那支空瓶子裝滿吧！

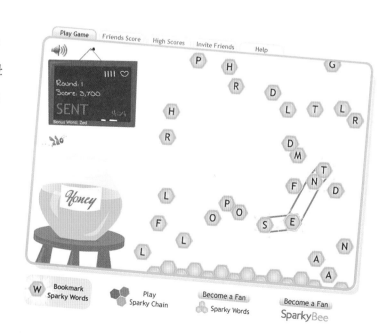

三、Flashcards（閃卡）

網址：http://apps.facebook.com/flashcard/?ref=ts

下面這一款程式是讓你製作自己的單字閃卡，更棒的是，你也可以用別人製作的閃卡來練習背誦單字喔。操作簡單，而且具有互動性。何不邀一些朋友一起來做卡片，完成後還可以互相測試。

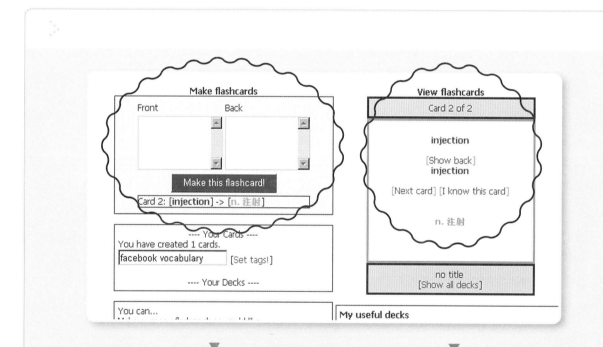

製作閃卡，在 front（正面）輸入單字；back（背面）可以放上單字的詞性、中譯等。反之，也可以在正面輸入中文，背面輸入對應的英文。依個人的使用習慣而定。

開始練習，卡片上會先出現正面資訊，如：injection，測試自己是否認識該單字。按下 Show Back 即可顯示先前輸入的背面資訊，如：n. 注射。

四、GRE GMAT SAT Vocabulary Flashcards（GRE GMAT SAT 單字閃卡）

網址：http://www.facebook.com/apps/application.php?id=46131601343

和前一款程式不同的是，這一款程式已將閃卡製作完成，讀者可以立即使用。要準備 GRE、GMAT、SAT 考試的讀者，可以利用這組卡片來學習 5,000 個 SAT 單字和 1,100 個 GMAT、GRE 單字。使用起來既簡易又方便，重要的是，這是記住單字的有效方法。

Step 1：選擇單字範圍並開始練習

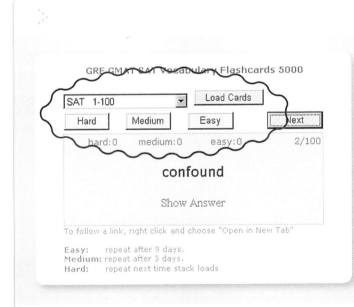

Tip：從清單中選擇你要練習的單字範圍，然後按下「Load Cards」鍵，單字會開始出現在螢幕上，以測試你是否知道單字意義，如：confound。

Step 2：核對答案與評估

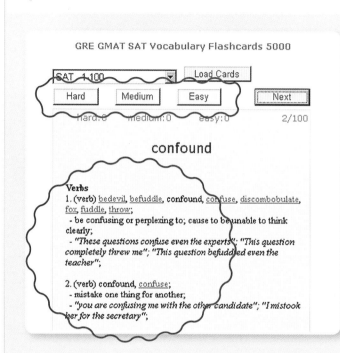

Tip：按下前一畫面上的「Show Answer」鍵，即可看到單字意義和用法，以評估自己是否答對。接著可按「Next」鍵進行下一個單字的練習。

每個單字測試完，都可評估該字屬於 hard（困難）、medium（中等）還是 easy（簡單）。Hard 的單字在你下次練習時，即會幫你複習；medium 的單字則在三天後複習；easy 的單字在九天後複習。

英文閱讀

一、Project Gutenberg（古騰堡計劃）

網址
Facebook 粉絲團：http://www.facebook.com/pages/Project-Gutenberg/103974322971990?ref=ss
網站：http://www.gutenberg.org

〈古騰堡計劃〉是一個免費、不需要註冊的網站，提供了數千冊的讀物供讀者閱讀。這些讀物免費，因為它們的版權公開。在古騰堡的資料庫可以找到許多經典作品，我個人最愛的其中一本（這也是《哈利波特》作者 J. K. Rowling 的最愛喔）是這個：http://www.gutenberg.org/etext/770（如下列的頁面所示）。

Project Gutenberg

Online Book Catalog

All animals, except man, know that the principal business of life is to enjoy it.
—— *The Way of All Flesh* by Samuel Butler

The Story of the Treasure Seekers by E. Nesbit

Help — Available eBook formats (including mobile) — Read online

Author:

Title Word(s):

EText-No.: Go!

	Bibliographic Record
Author	Nesbit, E. (Edith), 1858-1924
Title	The Story of the Treasure Seekers
Language	English

▼

書籍名稱和作者

檔案下載處

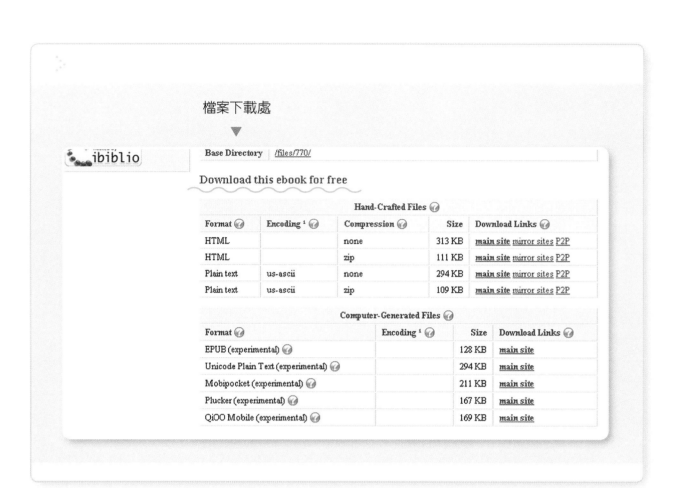

二、The New York Times（紐約時報）

網址

Facebook 粉絲團：http://www.facebook.com/nytimes

網站：www.nytimes.com

另外一個練習閱讀的好選擇就是《紐約時報》了。全球讀者對它都有高度的評價。報紙上的文章都可在網站上免費閱讀，年代較久遠的文章可能得註冊才能取得，但也是免費。你知道嗎，如果遇到不懂的生字，只要用游標選取該字，即會出現一個問號（？），對著問號點滑鼠左鍵兩下，可看見一個彈跳視窗顯示該單字的釋義。網站文章上的任何一個字都有此功能喔，快試看看吧！

粉絲團網頁的每一則報導連結（link）處，都提供了簡短的內容摘要。你可以很容易找到自己有興趣的題材。作為一位英語老師，我建議你們每天固定到網站報到，讀讀今天發生了什麼重要事件，記得，要讀完整篇文章喔！

文章讀累了嗎？可以休息一下，觀賞 vedio 片段、或瀏覽照片。

留意一下 favorite pages（喜愛的網頁），你可能可以找到類似《紐約時報》的網頁或其他學習資源喔。

三、The BBC

網址
Facebook 粉絲團：http://www.facebook.com/bbcworldnews
網站：http://news.bbc.co.uk/
BBC Learning English：http://www.bbc.co.uk/worldservice/learningenglish/

BBC 是個 24 小時的國際新聞頻道，以英文向全球超過 200 個國家播報新聞。Facebook 網頁以 BBC 新聞的文章和 video 為主，每天更新。上頭列出的 BBC Learning English 網站，則是專為英語學習者設計，內容包含發音、字彙問答、BBC 新聞文章的導讀等，資源豐富值得讀者多加利用。

新聞摘要與連結。

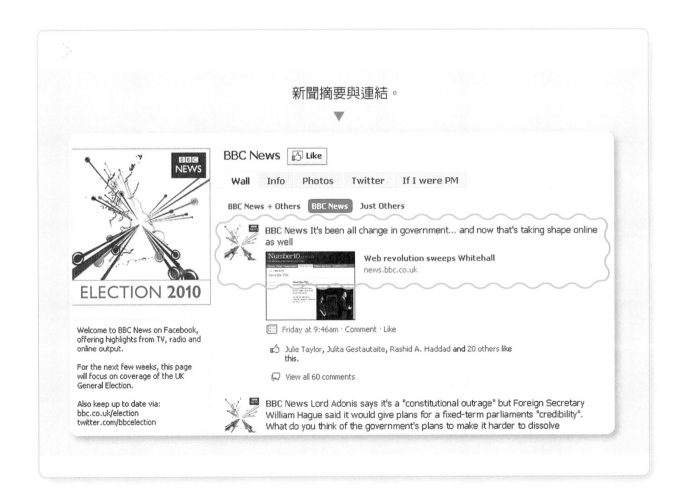

英文聽力

一、Listen to English

網址：http://apps.facebook.com/listentoenglish

這個網頁上的播客（podcast）長度都在五分鐘以內，主題非常廣泛：從火山到莎士比亞等都有。想要吸收各類英文詞彙、或是提升英文聽力，通通沒問題。 每則播客都有文字可供對照，套色的生難字可連結至單字解說或是練習。

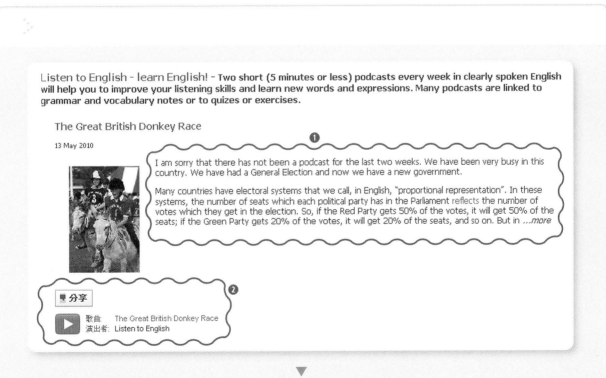

① 圖片右側為聽力片段的文字稿。建議第一次聽的時候先不看文字，測試自己能聽懂多少，接著再對照文字找出自己沒聽懂的盲點。套色字可連結至單字解說或練習。

② 按下播放鍵，即可開始練習聽力。

二、Voice of America

網址

Facebook 粉絲團：http://www.facebook.com/voiceofamerica

網站：http://www1.voanews.com/learningenglish/home/

VOA 是美國最大的國際廣播公司，提供了許多新聞文章和聽力片段，值得一提的是網站上的字彙練習（vocabulary quizzes）和填字遊戲（crossword puzzles），可以幫助各位從練習中學會許多實用單字。

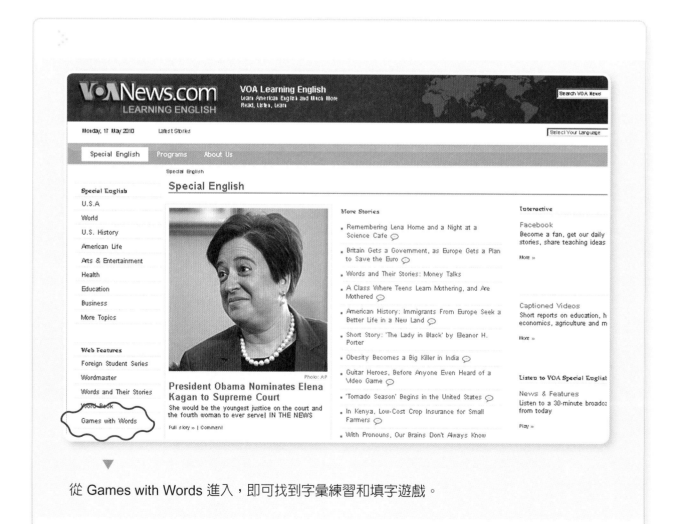

從 Games with Words 進入，即可找到字彙練習和填字遊戲。

三、The BBC

網址
Facebook 粉絲團：http://www.facebook.com/bbcradio1、http://www.facebook.com/BBCRadio4
網站：www.bbc.co.uk/radio/

和先前介紹過的 BBC 新聞網站不同的是，此網站以廣播為主，包含了新聞、運動、天氣等，是用來練習聽力的絕佳素材。如果你是個「英國腔」迷，就更不能錯過。BBC 網站是我殺時間的最好去處，可以在上頭瀏覽好幾個小時、也不覺得浪費時間。

把聽廣播當成聽音樂一樣，養成習慣，時間久了你會對自己的進步感到驚訝！

四、CNN Dictation 大練功

網址：http://www.facebook.com/cnndictation

此網頁提供了 CNN 新聞片段，讓粉絲們做聽寫練習，所有的聽力片段都是由網頁管理員 Carson Chu 挑選。在粉絲接力完成每個新聞片段的聽寫後，答案會公布在討論區（Discussion Board）。聽寫是件苦差事，但是個鍛鍊聽力的好方法，快一起來加入接力賽吧。

聽寫接力完成後，可在討論區找到完整答案。

Part 2
Offline Learning

還可以用 Facebook 這樣學！

Facebook 介面的內容教學，旨在提升學習興趣，所教授的情境用語，除了線上聊天可用，在真實生活也同樣派得上用場。

人物介紹

在 Part 2 的對話和範例教學中，我用了四個角色來串連情境，你周遭是否也有相同類型的人存在呢？相信這樣的情境教學可以幫助你們提升活用的能力！

Molly Mao（毛茉莉）

八卦是她的生活必需品，容易情緒化、但對周遭的人十分貼心。目前是國立大學的英文系學生，和莉莉是室友兼死黨。

Lily Lin（林莉莉）

雙修歷史和社會學的大學生。人緣極佳、是朋友眼中的甜心，但在感情上缺乏安全感。

Calvin Chu（朱凱文）

帥氣的商學院學生，休閒時間幾乎都花在球場上打籃球。他和茉莉選修同一堂莎士比亞文學課。

Tom Teng（鄧湯姆）

為人隨和的慢郎中，喜歡交友和冥想。主修心理學，是凱文的死黨。

Chapter 1

About Me 關於我

——自我介紹就該這樣做！

你的臉書資料頁（profile page）有如你的臉。我的意思是，它有如你的「線上」長相。就像真實世界中的第一印象多半是以外貌（physical appearances）為依據，別人在認識你的線上分身時，首先注意到的就是你的自我介紹和個人資料。你在本章所學到的用語和自我呈現技巧，除了可以讓你的臉書網頁更有國際味，也可以應用在現實生活中的自我介紹喔。如果你是那種會費心打扮去見新朋友的人，你會想要在這個部分多花點時間的。

1. 談論活動和興趣

你喜歡的活動／興趣可以顯露你的個性，它們也是個人資料中的重要環節。比方說，你可能喜歡在冷天慢跑（jogging in cold weather）？或者你十分熱愛波蘭詩（a burning passion for Polish poetry）？

在教談論活動和興趣的語彙之前，先做下面這個測驗，看看你是屬於哪個類型的人吧。

英文版

I Facebook to ...

make new friends and keep in touch with old ones.	get dates.	impress my boss and coworkers.
Your popularity?	Your popularity?	Your popularity?

I have 1,236 people on my friends list. → 1 or 2?	Uh, I've got a few friends. Maybe 15? → 2 or 3?	Well, somehow they never respond. → 4 or 5?	Oh, I get results every time baby. → 5 or 6?	Nobody wants to eat lunch with me. → 7 or 8?	They'd rather die than let me leave this company. → 8 or 9?

① I'm happy where I am with my 1,236 pals. → ❶

② But I want more friends! → ❷

③ I'm more of an introvert though. 15 is enough. → ❸

④ But I don't really care anyway. → ❹

⑤ So I could always go for more! → ❷

⑥ And I'm satisfied with what I've got. → ❶

⑦ And I'm perfectly fine with it. → ❸

⑧ There's always room for more. → ❷

⑨ I have enough friendly colleagues. → ❶

❶ The Natural Charmer

Your unpretentious yet friendly nature is what attracts people to you, so make sure your profile is doing you justice, not harm! Don't you want it to be just as charming as you are?

❷ Mr./Ms. Congeniality

If you wish to meet more people online, your profile should say so. An open-minded profile revealing interests and activities that matter to you is what you need to draw in more potential friends.

❸ The Chill Pill

It seems you're happy where you are. If that's the case, consider reworking your profile so that it shows off your easygoing attitude—otherwise, people may mistake your coolness for coldness!

❹ In Denial

If you're unsatisfied with your Facebook interactions (or lack of them), give your profile another look to see if it's really doing its job—that is, if it's really showing the best of you to the world.

中文版

我上 Facebook 是為了……

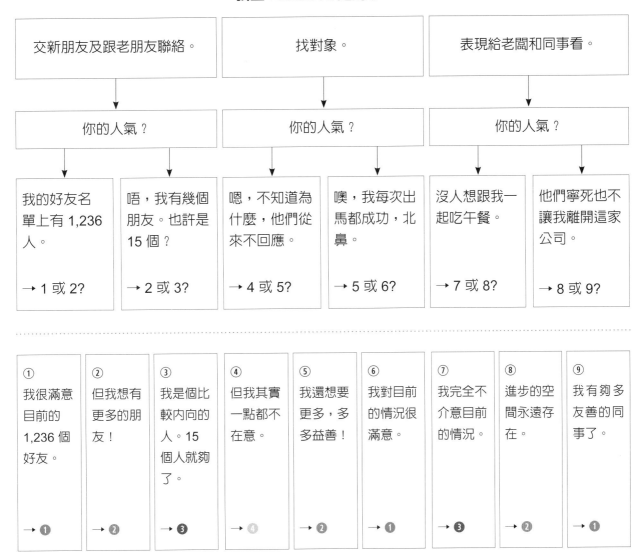

交新朋友及跟老朋友聯絡。 | **找對象。** | **表現給老闆和同事看。**

你的人氣？ | 你的人氣？ | 你的人氣？

我的好友名單上有 1,236 人。 → 1 或 2? | 唔，我有幾個朋友。也許是 15 個？ → 2 或 3? | 嗯，不知道為什麼，他們從來不回應。 → 4 或 5? | 噢，我每次出馬都成功，北鼻。 → 5 或 6? | 沒人想跟我一起吃午餐。 → 7 或 8? | 他們寧死也不讓我離開這家公司。 → 8 或 9?

① 我很滿意目前的 1,236 個好友。 → ❶
② 但我想有更多的朋友！ → ❷
③ 我是個比較內向的人。15 個人就夠了。 → ❸
④ 但我其實一點都不在意。 → ❹
⑤ 我還想要更多，多多益善！ → ❷
⑥ 我對目前的情況很滿意。 → ❶
⑦ 我完全不介意目前的情況。 → ❸
⑧ 進步的空間永遠存在。 → ❷
⑨ 我有夠多友善的同事了。 → ❶

❶ 天生萬人迷
你謙遜而友善的天性正是你吸引人的原因，所以你的資料一定要如實反映這點，而不要幫了倒忙！難道你不希望它就跟你本身一樣迷人嗎？

❷ 人氣先生／小姐
假如你希望在網路上認識更多的人，你的資料就應該把它說出來。敞開心胸把你所注重的興趣和活動呈現出來，如此才能吸引更多潛在的朋友。

❸ 平常心
看來你對現狀很滿意。假如是這樣的話，不妨考慮改寫你的資料，以便把你隨遇而安的態度凸顯出來。否則別人可能會把你的「酷」誤解為「冷」！

❹ 沒搞頭
假如你對自己在 Facebook 上的互動（或者根本沒有互動）不滿意，那就審視你的資料看看它到底有沒有效，也就是它到底有沒有把你最好的一面表現給外界看。

所以，你是個「天生萬人迷」？還是「沒搞頭」？無論你是哪種個性，你永遠可以做點什麼來讓你的資料（profile）更吸引人。下列是一些優劣句子的對比，雖然想表達的是同樣的概念，但用詞不同、聽者的感受也不同喔！

 Track 03

○ 天生萬人迷

"... so make sure your profile is doing you justice, not harm!"

Bad　It's so easy for me to make tons of friends!

Better　I'm pretty easy to get along with.

劣：要交一大票朋友，對我來說是易如反掌！

佳：我相當隨和。

○ 人氣先生 / 小姐

"If you wish to meet more people online, your profile should say so."

Bad　My friends and I are really tight.

Better　I'm always looking to meet new people and make new friends.

劣：我和我朋友很親密。

佳：我總是希望認識新的人，以及交新的朋友。

○ 平常心

"... consider reworking your profile so that it shows off your easygoing attitude—otherwise people may mistake your coolness for coldness!"

Bad　I'm not planning to add any more people to my friends list.

Better　For me, friendship is all about quality, not quantity.

劣：我不打算再加任何人到我的好友名單裡了。

佳：對我來說，友情是重質不重量。

○ 沒搞頭

"... give your profile another look to see if it's really ... showing the best of you to the world."

Bad　I've sent out dozens of requests, so why doesn't anyone friend me? C'mon guys!

Better　I've just finished an awesome French cooking class. Anyone interested in trying out some amazing food should just let me know. Adieu!

劣：我發出的申請有幾十則了，那為什麼沒有一個人把我加為好友？別這樣，各位！

佳：我剛上完了一堂很棒的法國菜烹飪課。凡是有意品嚐一些美食的人，都可以通知我一聲。拜了！

✓ 建議的興趣和活動

　　知道自己是屬於哪一類型的人之後，請看看下表這些常見的興趣和活動，哪些是適合你的呢？記得，興趣和活動也是別人了解你的方式之一喔。

interactive sports　互動式運動	photography　攝影
parties　派對	music　音樂
outdoor activities　戶外活動	literature　文學
poker and mahjong　撲克和麻將	neighborhood cafés　鄰近的咖啡店
new experiences　體驗新事物	yoga and meditation　瑜珈和打坐
discovering new restaurants　探尋新餐館	listening to good music　聽好音樂
hanging out with friends　跟朋友鬼混	reading absorbing novels　看精彩的小說
playing basketball　打籃球	writing　寫作
meeting new people　認識新的人	visiting museums　參觀博物館
going to KTVs　唱 KTV	relaxing at home　在家放鬆

✓ 談論興趣／活動好用句　 Track 04

　　學完了前面的語彙，我接著來補充一些句型，讓你在談論和分享興趣時更得心應手。

○ 談論你的興趣和活動 Describing Your Interests and Activities

較不正式 Less Formal

I like/love to V.

我喜歡／喜愛（動詞）。

▶ **I like to** visit secondhand bookstores.
我喜歡逛二手書店。

▶ **I love to** play poker with my friends because they suck at it.
我喜愛跟朋友玩撲克牌，因為他們玩得很爛。

I'm into N.

我愛（名詞）。

▶ **I'm into** German cars. They're fast, well built, and classy.
我愛德國車。它們跑得快、做得好，又高檔。

▶ **I'm** really **into** Lin Chih-ling, just like every other Taiwanese guy I know.
我超愛林志玲，就跟其他我所認識的每個台灣男人一樣。

較正式 More Formal

Sb. enjoy Ving ....

某人喜歡（動名詞）。

▶ **I enjoy** baking—my husband gained 2 kg from eating my cakes!
我喜歡烘焙——我先生吃了我的蛋糕後，胖了兩公斤！

▶ **He enjoys** watching action films. The more explosions the better.
他喜歡看動作片。愈多爆破愈好。

I'm a Adj. fan of N ....

我是個（形容詞）的（名詞）迷。

▶ **I'm a** big **fan of** football. I've already got season tickets to the games!
我是個大足球迷。我已經買了比賽的季票了！

▶ **I'm a** huge **fan of** Thai food. The spicier, the better, I say.
我是個超級泰國菜迷。我覺得愈辣愈好。

○ 詢問別人的興趣 Asking About Others' Interests

較不正式 Less Formal

What are your N? / **Do you have any** N?

你有什麼（名詞）嗎？／你有任何（名詞）嗎？

What are your hobbies?

　你有什麼嗜好？

Do you have any favorite pastimes?

　你有任何最愛的消遣嗎？

較正式 More Formal

What do you do …?

你……都在做什麼？

What do you do in your free time?

　你空閒的時候都在做什麼？

What do you do when you're not playing FarmVille?

　你不玩〈農場鄉村〉的時候都在做什麼？

2. 帶來驚奇的形容詞：為自我介紹加分　 Track 05

　　知道自我介紹有多重要以後，覺得緊張嗎？我也是。好消息是，我們有下面的形容詞可以給我們一些幫助。因為有很多人是星座迷，所以我把形容詞依照星座類型（astrological type）來分類。挑選適合你的來做自我介紹吧，無論是搞笑（funny）、正式（formal）或挑逗的（flirty）。

Earth 土象	Fire 火象	Water 水象	Air 風向
（Taurus 金牛、Virgo 處女、Capricorn 摩羯）	（Aries 牡羊、Leo 獅子、Sagittarius 射手）	（Pisces 雙魚、Cancer 巨蟹、Scorpio 天蠍）	（Aquarius 水瓶、Gemini 雙子、Libra 天秤）
capable 〔`kepəbl〕 能幹的	outgoing 〔`aut͵goɪŋ〕 活潑外向的	creative 〔krɪ`etɪv〕 有創意的	sociable 〔`soʃəbl〕 愛交際的

Earth 土象 （Taurus 金牛、Virgo 處女、Capricorn 摩羯）	Fire 火象 （Aries 牡羊、Leo 獅子、Sagittarius 射手）	Water 水象 （Pisces 雙魚、Cancer 巨蟹、Scorpio 天蠍）	Air 風向 （Aquarius 水瓶、 Gemini 雙子、Libra 天秤）
insightful 〔`ɪnsaɪt͵fəl〕 具洞察力的	aggressive 〔ə`grɛsɪv〕 積極的	devoted 〔dɪ`votɪd〕 忠實的	quick 〔kwɪk〕 敏捷的
practical 〔`prætɪkl〕 務實的	authoritative 〔ə`θɔrə͵tetɪv〕 有權威的	sensitive 〔`sɛnsətɪv〕 敏感的	idealistic 〔͵aɪdɪəl`ɪstɪk〕 理想主義的
diligent 〔`dɪlədʒənt〕 勤奮的	warm 〔wɔrm〕 熱心的	imaginative 〔ɪ`mædʒə͵netɪv〕 富想像力的	bright 〔braɪt〕 聰明伶俐的
responsible 〔rɪ`spansəbḷ〕 負責任的	cheerful 〔`tʃɪrfəl〕 開朗的	intuitive 〔ɪn`tuɪtɪv〕 重直覺的	eloquent 〔`ɛləkwənt〕 口才好的
judgmental 〔dʒʌdʒ`mɛntḷ〕 批判的	arrogant 〔`ærəgənt〕 自大的	possessive 〔pə`zɛsɪv〕 佔有慾強的	shallow 〔`ʃælo〕 膚淺的
picky 〔`pɪkɪ〕 挑剔的	impatient 〔ɪm`peʃənt〕 不耐煩的	moody 〔`mudɪ〕 情緒不穩定的	unreliable 〔͵ʌnrɪ`laɪəbḷ〕 不可靠的
stubborn 〔`stʌbən〕 固執的	self-centered 〔͵sɛlf`sɛntəd〕 自我中心的	calculating 〔`kælkjə͵letɪŋ〕 算計的	indecisive 〔͵ɪndɪ`saɪsɪv〕 優柔寡斷的
petty 〔`pɛtɪ〕 氣量小的	bossy 〔`bɔsɪ〕 霸道的	needy 〔`nidɪ〕 黏人的	careless 〔`kɛrlɪs〕 粗心草率的
critical 〔`krɪtɪkḷ〕 吹毛求疵的	vain 〔ven〕 虛榮的	suspicious 〔`sə͵spɪʃəs〕 多疑的	cold 〔kold〕 冷酷的

下列的例子是在教各位，要怎麼用好跟壞的形容詞來描述自己。在適當時機，可以積極突顯自己的優點；但偶而自嘲一下也可以讓自己更平易近人喔。仔細看看，從中學習，並練習把它編輯成符合自己的資料！

 Track 06

▼ **The Good**

I pride myself on my **sociable** nature. I guess I'm an extrovert at heart.

我很自豪的是，我生性善交際。我想我是個本性外向的人。

▼ **The Bad**

Some **people consider me a shallow person** just because I enjoy reading celebrity gossip magazines.

有些人只因為我喜歡看名人八卦雜誌，就認為我是個膚淺的人。

▼ **The Good**

Juggling two majors and one minor has taught me how to be **diligent** in my work. Although I don't have much of a social life, my books provide exciting company. Sort of.

兼顧兩科主修和一科輔修讓我學會了要如何勤奮工作。雖然我的社交生活不多，但我的書是絕佳的良伴。算是啦。

▼ **The Bad**

I'm incredibly **indecisive.** That's why **I'm majoring in both history and sociology**.

我優柔寡斷得不得了。那也是為什麼我同時主修了歷史和社會學。

▼ The Good

I'm a socially responsible person. I work as a volunteer at the local homeless shelter every week.

我是個有社會責任感的人。我每星期都會去本地的遊民之家當志工。

▼ The Bad

I can be kind of bossy at times. It comes from always being the group leader for school projects and stuff like that.

我有時候會有點霸道。原因是學校活動案之類的東西,總是會由我來當組長。

▼ The Good

Yeah, I'm pretty **outgoing**. **I'm a part-time worker at the student café** and I've made friends with all the customers and staff there.

對,我相當外向。我在學生咖啡店裡兼差打工,我跟那裡所有的客人和工作人員都成了朋友。

▼ The Bad

I'm a bit **careless**. I always seem to be losing my keys and pens.

我有點粗心大意。我似乎老是會把鑰匙和筆給搞丟。

「宅」是新的性感象徵　　🔘 Track 07

相當有趣的是,中文形容這種文化只用了一個字「宅」,而英文通常要用三個字:nerd(書呆子)、geek(怪人)、dork(笨蛋)。每個字的意義都有細微的差別──dork 不見得是 nerd,nerd 不見得是 geek。看看以下的內容,你就會明白我的意思。

1. nerd(名詞):好學的人,而且通常是過分好學。基本上就是全心專注於學業的人,並常常因此令人討厭。形容詞是 nerdy。

例句 Hey, I'm not a **nerd**! I just happen to enjoy reading a lot. Like, a LOT.

嘿，我可不是書呆子！我只是剛好喜歡讀很多書。就像是——很多書。

2. geek（名詞）：這種人熟知大多數人所不了解的特定事物，確切來說是對此著了迷。著迷的事物可能是電子產品、漫畫書或古語等。形容詞是 geeky。

例句 I'm proud of the fact that I know four programming languages. It's cool to be a computer **geek** now—just ask Bill Gates!

有一點讓我引以為傲，那就是我懂四種程式語言。現在當個電腦怪人是很酷的事——問問比爾‧蓋茲就知道！

3. dork（名詞）：拙於社交的人。就像是那種在派對上想要用手勢來說個故事，但卻不小心把手指伸進鼻孔裡的人。形容詞是 dorky。

例句 My **dorky** brother thought his coworkers were playing a game with the code XYZPDQ when they were actually trying to tell him "E**X**amine **Y**our **Z**ipper **P**retty **D**amn **Q**uick!"

我的笨蛋兄弟以為，他的同事是用 XYZPDQ 的密碼在玩遊戲，結果他們其實是想要告訴他：「還不趕緊檢查一下你的拉鏈！」

我肯定是個書呆子（nerd），但我有幾個摯友信誓旦旦地說，我也是個笨蛋（dork）。

3. 自我介紹好用句 💿 Track 08

又到了句型時間啦，學完記得要實地演練一下喔。不論是寫履歷自傳、或是面對初次見面的朋友、外國客戶，它們都可以派上用場的！

○ 描述自己 Describing Yourself

較不正式 Less Formal

I'm a Adj. person/guy ....

我是個（形容詞）的人。

▶ **I'm a** sensitive **guy**. I love performing songs on my guitar for my girlfriend.
我是個敏感的人。我愛彈吉他唱歌給女朋友聽。

I can be Adj.
我會（形容詞）。

▶ **I can be** impatient sometimes, but it's usually when I'm running late for something.
有時候我會沒耐性，但通常是在我有事被耽誤的時候。

較正式 More Formal

I consider myself a Adj. person.
我覺得我是個（形容詞）的人。

▶ **I consider myself a** hardworking **person**. I worked my butt off to graduate with honors.
我想我是個勤勞的人。我拚了老命以優異的成績畢業。

▶ **I consider myself a** friendly **person**. I get along well with others and make friends wherever I go.
我想我是個友善的人。我跟別人很容易相處，到哪裡都會交到朋友。

○ 描述自己的工作 / 職業 Describing Your Job/Occupation

較不正式 Less Formal

I'm a N at ....
我是……的（名詞）。

▶ **I'm a** student **at** National University. I study electrical engineering.
我是國立大學的學生。我讀的是電機工程。

▶ **I'm a** bartender **at** a nightclub in Taichung.
我是台中一家夜店的調酒師。

I'm Ving in ....
我（動名詞）……。

▶ **I'm** majoring **in** computer science.
我主修電腦科學。

▶ **I'm** serving **in** the military right now.
　我目前在軍中服役。

較正式 More Formal

I work as a/an N at/for ....
我在⋯⋯擔任（名詞）。

▶ **I work as a** cameraman **at** Taiwan's public TV station.
　我在台灣的公共電視台擔任攝影師。

▶ **I work as an** accountant **for** a chain of teashops.
　我在一家連鎖茶館擔任會計。

○ 詢問別人的工作 / 職業 Asking About Others' Jobs/Occupations

較不正式 Less Formal

Where do you V ...?
你在哪裡（動詞）？

▶ **Where do you** work?
　你在哪裡上班？

▶ **Where do you** go to school?
　你在哪裡上學？

What do you V ...?
你⋯⋯（動詞）什麼？

▶ **What do you** do at the company?
　你在公司是做什麼的？

▶ **What do you** study there?
　你在那裡是念什麼？

較正式 More Formal

May I ask what you V ...?
我可不可以問一下，你⋯⋯（動詞）什麼？

▶ **May I ask what you** studied in college?
我可不可以問一下，你在大學念的是什麼？

May I ask where you V ...?
我可不可以問一下，你從哪裡（動詞）？

▶ **May I ask where you**'re from?
我可不可以問一下，你從哪裡來的？

4. 我們是誰？——自我介紹這樣做 💿 Track 09

　　你的 Facebook 資料多半都是簡單的填空題。你是男性還是女性？你的生日是什麼時候？你最喜歡的電影有哪些？簡單，簡單，簡單！不過，自由發揮的「自我介紹」欄位會比較費工一點。現在是活用先前所學的大好時機了，我們來看幾個例子。

　　每個範例後面都有個簡單的 Quiz（問題），看看你們在讀完這些「自我介紹」之後，是否真正了解他們了呢？

Molly's Profile

I'm a practical person with idealistic dreams; that means I want to change the world, but through reasonable ways. Friends say **I'm cheerful**, but **I can also be moody** when the mood strikes (ha, ha). Hey, I'm witty, too!

I'm currently an English major at National University. I'm passionate about Shakespeare; **I like to read his plays** out loud to myself when I'm alone. I'm

翻譯

我是個務實的人，但也有理想的美夢。這代表我想要改變世界，但方式要合情合理。朋友說我很開朗，可是當情緒來的時候，我也會很情緒化（哈哈）。嘿，我也很風趣呢！

我目前在國立大學主修英文。我熱愛莎士比亞；當我一個人的時候，我喜歡把他的戲劇大聲唸給自己聽。因此，我是個超級文學癡。除了閱讀，我還喜歡和朋友

therefore a huge literature **nerd**. Besides reading, **I also enjoy spending time with my friends**. I'm quite proud of the many interesting friends I have—we seem to be part of the same person: funny, selfish, nervous, kind, and curious.

鬼混。讓我相當自豪的是，我有不少朋友都很有趣——我們似乎是一個個體的某部分：好笑、自私、緊張、和善、好奇……。

Ultimately, like my favorite writer, Roald Dahl, I take the attitude of the following quotation towards life:

> "My candle burns at both ends;
> It will not last the night;
> But ah, my foes, and oh, my friends—
> It gives a lovely light!"

最後，一如我最愛的作家羅爾德·達爾，我是以下面這句話來當作人生的態度：
「我的蠟燭兩頭燒；
它撐不過這個夜晚；
可是啊，我的敵人，我的朋友
——它帶來了美妙的亮光！」

Quiz Time!

This person is:

A) pretentious（自命不凡）

B) self-centered（自我中心）

C) pretentious and self-centered（既自命不凡又自我中心）

Lily's Profile

I'm a bright girl who **loves to hang out with her friends and family. I love to laugh**—everyone says my laughter is like sunlight! **I also love to smile**, and I'm

翻譯

我是個聰明的女生，喜愛跟朋友與家人溺在一起。我愛笑——大家都說，我笑起來像陽光燦爛！我也愛微笑，而且我也相當喜

quite fond of grinning, too. Occasionally I feel like a chuckle, but mostly I just giggle. Message me if you want to know more! ☺

歡露齒而笑。我偶爾會想咯咯地笑，但我多半只會傻笑。假如你想了解更多，那就發個訊息給我吧！ ☺

Quiz Time!

This person is:

A) secretly a lonely, lonely individual（私底下十分孤獨的人）

B) a girl who desperately wants a boyfriend（非常想交男朋友的女生）

C) a Barbie doll come to life (scary!)（芭比娃娃復活啦（嚇死人了！））

Calvin's Profile

I'll be graduating from National University *magna cum laude*. **I'm vice president** of the Business Majors Association, and **I've been an intern at ABC Computers** for the past two years. **I enjoy biking and swimming**. Actually, I enjoy almost every competitive sport there is. You might call me aggressive. I prefer to think of myself as a winner.

翻譯

我即將以優等生的身分從國立大學畢業。我是商學主修學會的副會長，過去兩年來都在 ABC 電腦擔任實習生。我喜歡騎單車和游泳。只要有競賽型的運動，我幾乎都喜歡。你可能會說我很有野心，但我寧可認為自己是個贏家。

註 magna cum laude *adv.*
以極優等地

Quiz Time!

This person is:

A) a liar（騙子）

B) afraid his boss checks his Facebook profile（怕老闆去看他的 Facebook 資料）

C) secretly unemployed and looking for more job opportunities（私底下已經失業，並且在尋找更多的工作機會）

Tom's Profile

I'm a psychology major, which is probably why **I enjoy meeting new people**. When I'm not sleeping or studying, **I like visiting different cafés around town. I'm a big fan of coffee**, in other words. If you're interested in meeting me, just send me a message and perhaps we can get together over a latte or two … or twenty.

翻譯

我主修心理學，這大概就是為什麼我喜歡認識新的人。沒有在睡覺或讀書的時候，我喜歡去鎮上不同的咖啡店。換句話說，我是個大咖啡迷。要是你有興趣認識我，那就發個訊息給我，也許我們可以一起喝杯拿鐵，或是兩杯……或二十杯。

Quiz Time!

This person is:

A) obviously very lazy, judging from the "sleeping" comment（顯然非常懶，從「睡覺」的評論就可以看出來）

B) sleeping right at this moment, in fact（事實上，此刻就是在睡覺）

C) going to die of a caffeine overdose（會死於咖啡因過量）

Granny's Profile

Using Chinese here describing me:
又香又白人人愛.

翻譯

可以用這句中文來形容我：又香又白人人愛。

註 你有沒有注意到上面這句話的文法錯誤？假如有的話，恭喜你！假如沒有的話，再看一遍。總之，它是個「中式英文」的例子。這句話比較好也比較自然的說法是：「In Chinese I can be described as: 又香又白人人愛」。雖然資料可以中英文夾雜，但在寫英文的部分時，小心不要犯下中式英文的錯誤喔！

Quiz Time!

This person is:

A) an 阿嬤 exploring Facebook for the first time（第一次到 Facebook 探險的阿嬤）

B) a 鄧麗君 fan（鄧麗君的歌迷）

C) a gardener（園丁）

Quiz 解答

嗯，你可能已經發現了，上述的測驗並沒有正確答案。說到底，答案端視你怎麼看待每個人的自我介紹。我說過，你的資料（profile）就代表著你的線上分身，現在你相信了吧？

Exercise

請用你在本章所學過的語彙和句型寫一則「自我介紹」。假如你發現自己卡住了，那就到本章的眾多範例中尋找靈感吧。

About Me

Chapter 2

The Wall 塗鴉牆
——聊天哈拉看這邊！

「塗鴉牆」是 Facebook 最棒的功能之一。可以和朋友在線上「消磨時間」，無論是要約朋友出去喝一杯，還是評論糗到不行的檔案照片。看看 Molly 塗鴉牆上的這段對話，你就會明白我的意思。

1. 詢問近況　 Track 10

I'm a practical person with idealistic dreams; that means I want to change the world, but through reasonable ways. Friends say I'm cheerful, but I can also be moody when the mood strikes (ha, ha). Hey, I'm witty, too!

塗鴉牆　　資　料　　相　片

Hey, you.

 Hey, yourself. **What's up? How's everything going** in California?

California is great. The internship is fantastic, the weather is nice, and Molly is far, far away … What more could I ask for? (Just kidding … The weather's been horrible for the past few days.) **What have you been up to** in Japan? Don't eat too much there, alright?

朋友 ▼

 I'm doing really well here. **I've made friends with so many locals.** And I'll eat as much as I want, thank you very much!

 Haha. Glad to hear you're liking Tokyo. Could you eat a bowl of ramen for me while you're at it? Happy July, by the way!

 Visit me and you can get a bowl of ramen yourself!

 The conversation above has just brought me 5 minutes' worth of entertainment. Thank you.

 Lily! Happy July to you, too! **Have I shown you pictures of my new surfboard?**

翻 譯

鄧湯姆：嘿，朋友。

毛茉莉：嘿，朋友。你好嗎？加州的一切怎麼樣？

鄧湯姆：加州好極了。實習很棒，天氣不錯，茉莉遠在天邊……夫復何求？（開玩笑的啦……過去這幾天，天氣糟透了。）妳在日本怎麼樣？在那裡可別吃太多，好嗎？

毛茉莉：我在這裡過得相當好。我跟一大堆本地人成了朋友。我想吃多少就吃多少，非常謝謝你哦！

鄧湯姆：哈哈。很高興聽到妳喜歡東京。妳在那裡的時候可以替我吃一碗拉麵嗎？對了，七月快樂！

毛茉莉：你來找我，就能自己吃一碗拉麵！

林莉莉：前面的對話足足讓我娛樂了五分鐘。謝謝兩位。

鄧湯姆：莉莉！妳也七月快樂！我有沒有給妳看過我新衝浪板的照片？

註 檔案照片下方的自我介紹，節取自Chapter 1，以下各單元同。

✓ 詢問近況好用句　 Track 11

　　在本章中，我們會探討類似互動所用的語言，也就是一般會話所需要的用語。想邀你最好的朋友去看電影嗎？等不及要跟你的外國同事分享旅遊經歷嗎？不管是什麼情況，本章所教的絕對都是你在交談時所需要的！

○ 問候 Saying Hello

較不正式 Less Formal

Hey, what's …?
嘿，你……？

▸ **Hey, what's** up?
　嘿，你最近如何？

▸ **Hey, what's** going on?
　嘿，你最近好嗎？

較正式 More Formal

Hi, how is/are …?
嗨，……怎麼樣？

▸ **Hi, how is** everything?
　嗨，一切怎麼樣？

▸ **Hi, how are** you doing?
　嗨，你過得怎麼樣？

○ 詢問近況 Asking for Updates

較不正式 Less Formal

What have I missed?
我有錯過什麼嗎？

較正式 More Formal

What have you been up to?
你近來在忙什麼？

○ 回覆近況 Giving Updates

較不正式 Less Formal

I'm Adj.
我（形容詞）。

▸ **I'm** great. I just got a new job.
我很好。我剛找到了新工作。

▸ **I've been** sick the whole week.
我整個星期都在生病。

The N is Adj.
（名詞）很（形容詞）。

▸ The job **is** fantastic! My boss loves me!
工作棒極了！我老闆很愛我。

▸ Italy **is** really cool. They've got the best ice cream here.
義大利酷斃了。他們這裡有最好的冰淇淋。

Did you V ...?
你（動詞）……？

▸ **Did you** hear about Professor Kuo? Apparently, she's retiring next year!
你有沒有聽說郭教授的事？看來她明年要退休了！

▸ **Did you** know that she canceled our final exam? She just emailed us about it.
你知不知道她取消了我們的期末考？她剛才發了電子郵件通知我們。

較正式 More Formal

I'm doing Adv.
我過得（副詞）。

▶ **I'm doing** well. Thanks for asking.

我過得不錯。謝謝關心。

▶ **I'm doing** rather poorly at the moment. My boyfriend just dumped me.

我目前過得很慘。我男朋友剛甩了我。

I V at/in/on/with N ....

我在（名詞）（動詞）。

▶ I work **at** the art museum downtown now.

我現在在市中心的藝術博物館上班。

▶ I've been exploring the most beautiful cities **in** Europe.

我去探索了歐洲最美的城市。

Have I p.p. ...?

我有（過去分詞）……嗎？

▶ **Have I** told you about the party yet?

我有跟你說過派對的事嗎？

▶ **Have I** already shown you the videos?

我已經把影片給你看了嗎？

2. 分享旅遊經驗 **Track 12**

旅遊無疑是朋友間最普遍的話題之一。我們喜愛分享和親友環遊世界時的故事與照片；事實上，我們回來後所做的第一件事通常就是把照片上傳到 Facebook！在下列的

對話中，男孩們討論了 Tom 近期的東京之行（說到底就是去找 Molly ⋯⋯）。假如你是那種喜愛旅行並且會把旅行的相關見聞告訴朋友的人，那你絕對要學以下的用語。

When I'm not sleeping or studying, I like visiting different cafés around town. I'm a big fan of coffee, in other words. If you're interested in meeting me, just send me a message and perhaps we can get together over a latte or two … or twenty.

朋友 ▼

塗鴉牆　資料　相片

 So, **how was it? Did you have a good time**?

 Yeah, **I had a great time**. Japan is totally wild!

 Wild? How is it wild?

 Well, **they have vending machines that sell ramen**, for example …

 That is pretty wild, I have to admit. Did you go anywhere interesting?

 Yeah, a lot of places. **We visited the Ghibli Museum**, which was fun. **It has a lot of Miyazaki's work.**

 Nice. **Anything else you'd recommend**? I'm thinking of visiting next year.

 Hmm. **Harajuku is good for people-watching.**

Is that where all the youngsters dress up in really, um, "unique" outfits?

Yep, that's the place. And **I highly recommend the Shinto shrines if you like religious-historical things**. Man, I miss Tokyo already. I can't wait to go back!

翻 譯

朱凱文：所以情況怎麼樣？你玩得開心嗎？

鄧湯姆：是啊，我玩得很開心。日本超瘋狂！

朱凱文：瘋狂？怎麼個瘋狂法？

鄧湯姆：嗯，例如他們有賣拉麵的販賣機……

朱凱文：我必須承認那的確很瘋狂。你有沒有去什麼有趣的地方？

鄧湯姆：有啊，很多地方。我們去參觀了吉卜力美術館，很好玩。它有很多宮崎駿的作品。

朱凱文：不錯呢。你還有什麼推薦的嗎？我考慮明年去一趟。

鄧湯姆：呣。要看人群的話，原宿不錯。

朱凱文：那就是所有的年輕人都會穿上──呣──奇裝異服的地方嗎？

鄧湯姆：是啊，就是那裡。我十分推薦神道神社，假如你喜歡宗教歷史的話。天啊，我已經在想念東京了。我等不及要回去！

✅ 旅遊好用句 💿 Track 13

○ 詢問旅行如何 Asking About a Trip

較不正式 Less Formal

How was N?
（名詞）怎麼樣？

▶ **How was** your visit?
你的參觀怎麼樣？

▶ **How was** the trip?
旅行怎麼樣？

Did you have a/an Adj. N?
你（名詞）（形容詞）嗎？

▶ **Did you have an** enjoyable trip?
你的旅程愉快嗎？

▶ **Did you have a** nice time?
你玩得開心嗎？

○ 描述你的旅行 **Describing Your Trip**

It was Adj.
它（形容詞）。

▶ **It was** horrible. My passport got stolen and I missed my flight.
它糟透了。我的護照被偷，我還錯過了班機。

▶ **It was** fantastic. I made so many new friends!
它棒極了。我交了一大堆新朋友！

I had a/an Adj. time.
我過得（形容詞）。

▶ **I had an** awful **time**. I'm never traveling with him again.
我過得很慘。我絕對再也不跟他去旅行了。

▶ **I had a** lovely **time**. My boyfriend proposed on the last day!
我過得很好。我男朋友在最後一天求婚了！

○ 談論去了哪裡 **Where You Went**

I went to place.

我去了（地方）。

▶ **I went to** the Louvre. It's such a beautiful museum.

我去了羅浮宮。它真是個美麗的博物館。

▶ **I went to** the Great Wall. Have you ever been there?

我去了長城。你有沒有去過那裡？

較正式 More Formal

I visited place.

我去了（地方）。

▶ **I visited** the restaurant you told me about. It was closed, though.

我去了你跟我說的那家餐廳。只不過它沒開。

▶ **We visited** the Golden Gate Bridge and walked across it.

我們去了金門大橋並走了一遭。

○ 談論景點細節 Location Details

較不正式 Less Formal

There is N in place.

（地方）有（名詞）。

▶ **There is** a bar **in** the hotel that serves delicious drinks.

飯店裡有個酒吧所賣的飲料很好喝。

▶ **There are** a lot of tourists **in** London.

倫敦有很多遊客。

較正式 More Formal

Place has N.

（地方）有（名詞）。

▶ Shilin Nightmarket **has** a lot of interesting food stalls.

士林夜市有很多有趣的小吃攤。

▶ Taipei 101 **has** many high-end stores.

台北 101 有很多高檔商店。

○ 請求推薦 Asking for Recommendations

較不正式 Less Formal

Any good N you'd recommend?

你有沒有什麼好（名詞）可以推薦？

▶ **Any good** places for pasta **you'd recommend**?

你有沒有什麼吃義大利麵的好地方可以推薦？

▶ **Any good** bed and breakfasts **you'd recommend**?

你有沒有什麼好的民宿可以推薦？

較正式 More Formal

Could you recommend N?

你能不能推薦（名詞）？

▶ **Could you recommend** a few travel agencies?

你能不能推薦幾家旅行社？

▶ **Could you recommend** some local cultural sites?

你能不能推薦一些當地的文化景點？

○ 提供建議 Giving Recommendations

較不正式 Less Formal

Place is Adj. for N.

對（名詞）來說，（地方）是（形容詞）。

▶ Kenting **is** perfect **for** people who love the beach.

對喜愛海灘的人來説，墾丁是絕佳場所。

▸ YangMing Mountain **is** the ideal hiking spot **for** those who enjoy such things.

對喜歡這類活動的人來説，陽明山是理想的健行地點。

較正式 More Formal

I highly recommend place if you V ....

我十分推薦（地方），假如你（動詞）……。

▸ **I highly recommend** Egypt **if you**'re interested in visiting a country with fascinating history.

我十分推薦埃及，假如你對於參觀擁有迷人歷史的國家感興趣的話。

▸ **I highly recommend** Taitung **if you**'re looking for some peace and quiet.

我十分推薦台東，假如你要尋求一些平靜的話。

3. 談論電影 Track 14

和朋友一起從事的最佳活動之一就是看電影。好吧,我承認,看電影並不會說到多少話,但那裡有免費的冷氣、柔軟的椅子可坐、有趣(有時候是笨得有趣)的劇情可看,還有你喜歡的人陪你看。聽起來很不賴,對吧!在下列的對話中,Molly 和 Calvin 要決定接下來看哪部電影。請密切注意裡面的用語,等你下次出去看電影時,或許就會用得上!

I'm a practical person with idealistic dreams; that means I want to change the world, but through reasonable ways. Friends say I'm cheerful, but I can also be moody when the mood strikes (ha, ha). Hey, I'm witty, too!

朋友 ▼

塗鴉牆　資料　相片

 Tom's bored. Do **you want to see a movie with us?**

 Sure! **What kind of movie are you guys in the mood for**?

 Well, **I hear *Alice in Wonderland* is really good**, but *someone's* already seen it.

 I know, I know. I'm sorry, okay? My roommate Lily wouldn't let me wait.

 Yeah, it's alright. **What about *Shutter Island*? It's supposed to be a mystery thriller**.

 Oh, good idea! And **it stars Leonardo DiCaprio**, who is my celebrity husband, as we all know.

 Right, how could I forget?

☺ So, what's it about?

I think **it's about two guys who investigate a disappearance on this island for the criminally insane.**

Sounds … not very pleasant, but intriguing. Let's see it!

翻 譯

朱凱文：湯姆覺得無聊。妳想跟我們去看電影嗎？

毛茉莉：好呀！你們想看哪種電影？

朱凱文：這個嘛，我聽說《魔境夢遊》很不錯，可是有人已經看過了。

毛茉莉：我知道，我知道。對不起，好了吧？我室友莉莉不想讓我等。

朱凱文：是啊，沒關係。《隔離島》怎麼樣？它應該是部推理驚悚片。

毛茉莉：喔，好主意！它的主角是李奧納多‧狄卡皮歐。大家都知道，他是我的名人丈夫。

朱凱文：是，我怎麼忘得了？

毛茉莉：所以它是在講什麼？

朱凱文：我想它是在講，兩個人去這座關精神異常罪犯的島上調查失蹤案。

毛茉莉：聽起來……不是非常舒服，但很吸引人。我們去看吧！

✓ 電影好用句 🔘 Track 15

⚪ 建議出去看電影 Suggesting a Movie Outing

較不正式 Less Formal

You want to V a movie?
你想去（動詞）電影嗎？

▶ **You want to see a movie?**
你想去看電影嗎？

▶ **You want to** catch **a movie** later?

你等一下想去看電影嗎？

較正式 More Formal

Are you interested in Ving a movie?

你有興趣去（動名詞）電影嗎？

▶ **Are you interested in** seeing **a movie**?

你有興趣去看個電影嗎？

▶ **Are you interested in** checking out **a movie**?

你有興趣去看個電影嗎？

○ 減少選項 Narrowing Down Choices

較不正式 Less Formal

Which N do you V ...?

你（動詞）哪（名詞）……？

▶ **Which** film **do you** feel like seeing?

你想要看哪部片？

▶ **Which** one **do you** definitely not want to see?

你絕對不想看的是哪一部？

I want to watch something Adj.

我想看（形容詞）的片子。

▶ **I want to watch something** funny.

我想看搞笑的片子。

▶ **I want to watch something** thought-provoking.

我想看引人深思的片子。

較正式 More Formal

What kind of N are you in the mood for?

你想看哪種（名詞）？

▶ **What kind of** <u>movie</u> **are you in the mood for**?

你想看哪種電影？

▶ **What kind of** <u>story</u> **are you in the mood for**?

你想看哪種劇情？

I feel like watching something with ....

我想看……的片子。

▶ **I feel like watching something with** <u>Johnny Depp in it</u>.

我想看強尼‧戴普有演的片子。

▶ **I feel like watching something with** <u>an unpredictable plot</u>.

我想看猜不到情節的片子。

○ 建議片子 Suggesting a Film

較不正式 Less Formal

What about <u>movie</u>?

（電影）怎麼樣？

▶ **What about** <u>the new *Harry Potter* film</u>?

《哈利波特》的新片怎麼樣？

▶ **What about** *Titanic*? It's supposed to be really romantic.

《鐵達尼號》怎麼樣？它應該相當浪漫。

較正式 More Formal

I hear <u>movie</u> **is** <u>Adj.</u>

我聽說（電影）（形容詞）。

▶ **I hear** *Avatar* **is** amazing. Have you seen it yet?

我聽說《阿凡達》很棒。你看過了嗎？

▶ **I hear** *Slumdog Millionaire* **is** pretty <u>interesting</u>. I've read the book it's based on.

我聽說《貧民百萬富翁》相當有趣。我看過它的原著。

○ 描述片子 Describing a Film

較不正式 Less Formal

The story is about ....
故事是在講⋯⋯。

▶ **The story is about** four women in New York City.
故事是在講紐約市的四個女人。

▶ **The story is about** a hobbit and his journey to save the world.
故事是在講哈比人和他拯救世界的經過。

Actor is in it.
（演員）有演。

▶ Sarah Jessica Parker **is in it**!
莎拉・潔西卡・派克有演。

▶ Both Elijah Wood and Orlando Bloom **are in it**.
伊利亞・伍德和奧蘭多・布魯有演。

較正式 More Formal

It's a/an N about N ....
它是部（名詞），講的是（名詞）⋯⋯。

▶ **It's a** drama **about** a guy who is born an old man and then ages backwards.
它是部劇情片，講的是有個人生下來就是老頭，然後愈活愈年輕。

▶ **It's an** action movie **about** a woman driving a bus that has a bomb attached to it.
它是部動作片，講的是一個女人開著一輛被裝了炸彈的公車。

It stars actor.
它的主角是（演員）。

▶ **It stars** Brad Pitt.
它的主角是布萊德・彼特。

▶ **It stars** Sandra Bullock and Keanu Reeves.
它的主角是珊卓・布拉克和基努・李維。

4. 談論政治與時事 Track 16

　　朋友之間、工作夥伴之間、或是家人之間，都會有碰到政治和時事話題的時候。無論這個話題是以淚水、笑聲還是無可奈何的嘆息聲畫下句點，重點在於，首先要知道展開這種對話的必要用語。所幸我們有 Lily 和 Tom 來教我們要怎麼做！

I'm a bright girl who loves to hang out with her friends and family. I love to laugh—everyone says my laughter is like sunlight! I also love to smile, and I'm quite fond of grinning, too. Occasionally I feel like a chuckle, but mostly I just giggle. Message me if you want to know more! ^_^

朋友 ▼

塗鴉牆　　資　料　　相　片

 Isn't Obama the greatest? **In my opinion, he's the best president the United States has ever had**.

 I wouldn't go that far … I think he's definitely brought a lot of hope, but he's also quite inexperienced.

 But **what do you think of his racial background**? Isn't that exciting, considering America's history?

 Yes, that's definitely pretty cool.

 I don't agree with all of his views, but **I like his unifying approach to politics**.

 I feel the same. He's truly President of the United States, not just president of the Democrats.

 Totally. That's why he has my full support. Go Obama!

翻 譯

林莉莉：歐巴馬是不是最偉大？依我看來，他是美國歷來最好的總統。

鄧湯姆：我不會說得那麼誇張……我想他肯定帶來了很多的希望，但他也不太有經驗。

林莉莉：可是你對他的種族背景有什麼看法？要是考慮到美國的歷史，這點不是很令人振奮嗎？

鄧湯姆：是，這點絕對非常酷。

林莉莉：我並不全然認同他的看法，可是我喜歡他在政治上的聯合方式。

鄧湯姆：我有同感。他的確是美國的總統，而不只是民主黨的總統。

林莉莉：完全同意。那就是為什麼我全力支持他。加油，歐巴馬！

✓ 政治時事好用句　🖸 Track 17

○ 詢問意見 Asking for Opinions

較不正式 Less Formal

What do you think of N?

你對（名詞）有什麼看法？

▶ **What do you think of** the president's speech?

你對總統的演説有什麼看法？

▶ **What do you think of** President Ma's new policy?

你對馬總統的新政策有什麼看法？

較正式 More Formal

What are your thoughts regarding N?

對於（名詞），你有什麼想法？

▶ **What are your thoughts regarding** the Taiwanese education system?

對於台灣的教育制度，你有什麼想法？

▶ **What are your thoughts regarding** the new anti-smoking law?

對於新的菸害防治法，你有什麼想法？

○ 發表意見 Giving Opinions

較不正式 Less Formal

I think N is/are ....
我覺得（名詞）……。

▶ **I think** President Ma **is** being realistic.
我覺得馬總統很務實。

▶ **I think** those diet pills they sell on TV **are** dangerous.
我想他們在電視上賣的那些減肥藥很危險。

較正式 More Formal

In my opinion, N is ....
依我看來，（名詞）……。

▶ **In my opinion,** Chinese **is** quickly becoming the second-most important language in the world.
依我看來，中文正迅速成為世界上第二重要的語言。

▶ **In my opinion,** English **is** still the one language we need to master besides our own.
依我看來，除了母語外，英語還是我們必須精通的一種語言。

○ 表達同意與不同意 Agreeing and Disagreeing

較不正式 Less Formal

I like N ....
我喜歡（名詞）……。

▶ **I like** the way the Burmese monks protest—peacefully, and with respect.
我喜歡緬甸僧侶示威的方式——和平又帶著敬意。

▶ **I like** art and music classes. They're just as important as math and science.
我喜歡藝術課和音樂課。它們和數學、自然一樣重要。

I hate N ....
我討厭（名詞）……。

▶ **I hate** English pop music—I never know what they're saying!
我討厭英文的流行樂——我從來都聽不懂他們在說什麼！

▶ **I hate** how easy it is for students to cheat on exams these days.
我討厭近來學生這麼容易在考試時作弊。

較正式 More Formal

I agree with N ....
我認同（名詞）……。

▶ **I agree with** the government. Healthcare is the most important issue right now.
我認同政府。醫療是當前最重要的課題。

▶ **I agree with** what you're saying. International cooperation is the key to enviromental change.
我贊成你說的。國際合作是環境改變的關鍵。

I don't agree with N ....
我不認同（名詞）……。

▶ **I don't agree with** the Nobel Prize committee's decision to give the Peace Prize to Obama.
我不認同諾貝爾獎委員會決定把和平獎頒給歐巴馬。

▶ **I don't agree with** the government's priorities. Education is more important than the economy!
我不認同政府施政的優先順序。教育比經濟重要！

5. 分享血拼戰利品   Track 18

你做，我做，大家都做。不論上線或離線、不分週一到週日。我講的是當然就是血拼。無論你買的是一件襯衫還是一瓶水，要在國外生存下去，購物英語都很重要。

Molly 和 Lily 是兩位購物高手，她們在以下的對話中會告訴你，你需要哪些英文用語，才能大聊購物經。

I'm a bright girl who loves to hang out with her friends and family. I love to laugh—everyone says my laughter is like sunlight! I also love to smile, and I'm quite fond of grinning, too. Occasionally I feel like a chuckle, but mostly I just giggle. Message me if you want to know more! ^_^

朋友 ▼

塗鴉牆   資料   相片

 Where did you get those shoes you wore last night? They were so cute!

 I know! **I bought them in Sogo yesterday**.

 Nice. So **how much did you pay for them**?

 Oh, **I got them for NT$299**. They were half-off.

 That's really cheap … And they looked so well-made. Are they comfortable?

 Yes. **They were such a good bargain**. If you decide to buy a pair, just make sure you choose a different color.

Don't you want us to look like twins? Haha, I'm joking. So they come in different colors?

 Yes, they come in blue, red, and green. **What did you think of my dress**, by the way? Did it match the shoes?

 Yes, **it looked great with the shoes**! Stop worrying! Maybe we should buy you some self-confidence next time …

翻 譯

毛茉莉：妳是去哪裡買昨晚穿的那雙鞋子？好漂亮！

林莉莉：我知道！我昨天在 Sogo 買的。

毛茉莉：不錯呢。那妳花了多少錢？

林莉莉：噢，我買它花了新台幣 299 元。它打對折。

毛茉莉：那真便宜……它看起來做得很不錯。穿起來舒服嗎？

林莉莉：舒服。它真是划算。假如妳決定去買一雙，可千萬要選個不同的顏色。

毛茉莉：妳不希望我們看起來像雙胞胎嗎？哈哈，我開玩笑的啦。所以它有不同的顏色囉？

林莉莉：對，它有藍色、紅色跟綠色。對了，妳覺得我的衣服怎麼樣？跟鞋子配嗎？

毛茉莉：配，看起來跟鞋子很搭！別擔心了啦！也許我們下次應該買一點自信給妳……

☑ 購物好用句　　Track 19

○ 物品細節：哪裡和多少錢 Item Details: Where and How Much

較不正式 Less Formal

Where did you get N …?
你是去哪裡買（名詞）……？

Where did you get your computer?

你是去哪裡買電腦的？

Where did you get that bag? I want one!

你是去哪裡買那個包包的？我要一個！

How much did you pay for N?

你買（名詞）花了多少錢？

How much did you pay for them?

你買它們花了多少錢？

How much did you pay for your iPod?

你買 iPod 花了多少錢？

In/At place (for price).

在（地方）（花了（價格））。

In the mall by my house.

在我家旁邊的賣場。

At Takashimaya **for** NT$150.

在高島屋，花了新台幣 150 元。

較正式 More Formal

Could I ask where you V ...?

我能不能問一下，你是去哪裡（動詞）……？

Could I ask where you went to get your hair cut?

我能不能問一下，你是去哪裡剪頭髮的？

Could I ask where you bought those books?

我能不能問一下，你是去哪裡買這些書的？

Could I ask how much N cost?

我能不能問一下，（名詞）賣多少錢？

Could I ask how much it cost?

我能不能問一下，它賣多少錢？

▹ **Could I ask how much** the jacket **cost**?
我能不能問一下，這件外套賣多少錢？

I V N in/at place (for price).
我在（地方）（動詞）（名詞）（花了（價格））。

▹ **I** found it **at** the nightmarket.
我在夜市發現的。

▹ **I** bought them **in** Tainan **for** NT$275.
我在台南買的，花了新台幣 275 元。

○ 物品細節：滿意度 Item Details: Satisfaction Level

較不正式 Less Formal

It was such a N!
它真是（名詞）！

▹ **It was such a** good deal!
它真是划算！

▹ **They were such a** rip-off!
它真是敲竹槓！

較正式 More Formal

I'm really satisfied with N.
我對（名詞）相當滿意。

▹ **I'm really satisfied with** it.
我對它相當滿意。

▹ **I'm really satisfied with** these jeans. Don't they look great on me?
我對這條牛仔褲相當滿意。我穿起來不是很好看嗎？

I wish I hadn't p.p. ....
但願我（過去分詞）……。

▶ **I wish I hadn't** gotten them!

但願我沒買！

▶ **I wish I hadn't** bought them—I know she'll hate them!

但願我沒有買——我就知道她會討厭。

○ 詢問意見 Asking for Opinions

較不正式 Less Formal

How do you like my N?

你喜不喜歡我的（名詞）？

▶ **How do you like my** shirt?

你喜不喜歡我的襯衫？

▶ **How do you like my** new hairstyle?

你喜不喜歡我的新髮型？

It looks Adj.!

它看起來（形容詞）！

▶ **It looks** fabulous.

它看起來很讚。

▶ **It looks** horrible! What happened to you?

它看起來很糟！你是怎麼啦？

較正式 More Formal

What do you think of N?

你覺得（名詞）怎麼樣？

▶ **What do you think of** my present?

你覺得我的禮物怎麼樣？

▶ **What do you think of** this watch? Is it too flashy?

你覺得這支錶怎麼樣？會不會太炫了？

I think it's Adj.

我想它（形容詞）。

▶ **I think it's** perfect for you.
  我想它跟你是絕配。

▶ **I think it's** a bit too tight, to be honest.
  我想它太緊了一點，老實說。

 ### 小心跟蹤狂（Stalker Alert） 💿 Track **20**

由於透過 Facebook 之類的網站，很容易就能得知朋友在做什麼，因此英語母語人士現在經常用 stalk（跟蹤）這個動詞來戲稱緊盯別人線上活動的行為。

原本 stalker（跟蹤狂）這個名詞常被用來指稱「尾隨別人的人」──這多半違法，而且意圖不良。但自從有許許多多的人都喜歡花時間上網瀏覽熟人的資料頁、部落格和相簿後，stalk 這個字的用法在網路環境中就變得沒那麼嚴肅了。

例句

■ I'm such a stalker—I've been looking at pictures of Melinda and her new boyfriend for the past 10 minutes although I barely know them.
  我真是個跟蹤狂──過去這十分鐘，我都在看梅琳達和她新男友的照片，但我算不上認識他們。

■ My friends and I love stalking people on Facebook. It's the best way to kill time when all you've got is a computer!
  我和我朋友都喜愛在 Facebook 追蹤別人。當你身邊只有電腦時，這是打發時間的最好方式。

Chapter 3

Groups and Fan Pages
粉絲團 ——好東西要與大家分享

臉書的社團與粉絲專頁可以讓你找到「歸屬感」——意思是，不僅有社團可加入以分享對爵士樂（jazz）的熱愛，也有迷戀怪異吸血鬼（vampire）與過度保護狼人（werewolf）的粉絲專頁……我指的是《暮光之城》。臉書的社團也提供認識新朋友的機會。想要學習或練好英文的人（例如親愛的讀者們），何不考慮加入與你有共同興趣的母語人士所創的社團？把你用英文寫下的想法與點子發佈（post）上去，練習寫作與閱讀技巧，說不定，你還可以交到一兩個、或二十個朋友呢！

在本章的內容中，Molly 跟她朋友在她們所加入的臉書社團中與其他會員們分享想法與建議。雖然每個社團所使用的字彙不同，但句型大致是相同的。所以，我在開頭先教大家一些常見的句型。讓各位能夠在社團中暢所欲言——不論是發表意見、或是提供建議！這些句型在平時開會討論時，也很好用喔。

1. 表達意見／提供建議好用句　 Track 21

詢問意見 Asking for an Opinion

較不正式 Less Formal

What do you think of ...?

你認為……怎麼樣？

▶ **What do you think of** going to Peru this summer?
　你覺得今年夏天去秘魯怎麼樣？

▶ **What do you think of** the new George Clooney movie?
　你覺得喬治‧庫隆尼的新電影怎麼樣？

較正式 More Formal

What are your thoughts on ...?

你對……的看法是什麼？

▶ **What are your thoughts on** the World Cup?
　你對世界盃足球賽的看法是什麼？

▶ **What are your thoughts on** the banking industry?
　你對於銀行業的看法是什麼？

提供意見 Offering an Opinion

較不正式 Less Formal

I V that ....

我（動詞）……。

▶ **I** believe **that** the best time to study is in the morning.
　我認為早上是學習的最佳時刻。

▶ **I** think **that** spring is the best time to visit Taiwan.
　我想春天是去台灣的最好時機。

較正式 More Formal

In my opinion, ...

依我看來，⋯⋯。

▶ **In my opinion**, visiting India in the summer is a bad idea.

依我看來，夏天去印度是個爛主意。

▶ **In my opinion**, the best restaurants are local ones few people know about.

依我看來，最好的餐廳是很少人知道的當地餐廳。

○ 表示贊同 Expressing Agreement

I agree with ....

我贊成⋯⋯。

▶ **I agree with** Tom—cats are way better than dogs!

我贊成湯姆──貓比狗好得多了！

註 couldn't agree wih sb. more 則是更強調的說法，表示「非常贊成」。

Sb. is right.

⋯⋯是對的。

▶ You're **right**. I definitely prefer chocolate to vanilla.

你是對的。我的確是偏愛巧克力勝過香草。

○ 表示反對 Expressing Disagreement

I disagree with ....

我反對⋯⋯。

▶ I completely **disagree with** what Tom said. Cats are horrible!

我完全反對湯姆說的。貓太可怕了！

○ 提出建議 Making Recommendations

較不正式 Less Formal

Make sure you V ....
你一定要（動詞）……。

▶ **Make sure you** visit the library at National Chiao Tung University. It's gorgeous.
你一定要去國立交通大學的圖書館。那裡太棒了。

較正式 More Formal

I recommend N.
我推薦（名詞）。

▶ I highly **recommend** their ice cream, especially the chocolate.
我極力推薦他們的冰淇淋，特別是巧克力口味的。

○ 表達明確的感謝 Making Specific Thanks

Thanks for N.
謝謝（名詞）。

▶ **Thanks for** the tickets … I thought they were all sold out!
謝謝這個票……我以為票都已銷售一空了！

Thank you for Ving ....
謝謝你（動名詞）……。

▶ **Thank you for** taking care of me—I swear I'll never drink again!
謝謝你照顧我──我發誓我絕不再喝酒！

2. 旅遊粉絲團 Track 22

英文版

Help! I'm Addicted to Traveling and I Can't Stop Moving!

Join Group

Information

A group for those who consider the world their home and find their suitcase to be their best companion.

Admins

Tom Teng (creator)

塗鴉牆 | 資料 | 討論區 | 相片 | 影片 | 活動

 Hey, fellow travelers, it's nice to meet you all! I'll be making a **trip** to Taipei in August, and I was wondering if anyone here has any **sightseeing** suggestions …

 Lily, welcome to the group! **In my opinion**, the National Palace Museum, Taipei 101, and the Beitou hot springs are important **tourist attractions** you can't miss. **I also recommend you eat everything available**, especially Ding Tai Fung's *xiǎolóngbāo*, oyster omelets, stinky tofu, and the snacks sold at Shilin Nightmarket!

 I agree with most of what Jim said except for Shilin Nightmarket—that place is way too crowded!

 @ Molly **You're right**, Shilin Nightmarket gets really crowded, but that's part of the appeal for me. I love the pushing and shoving; it gives me a workout while I'm eating! @ Lily I forgot to mention the KTVs here. Taiwan has arguably the best KTVs in the world, so if you're a fan of karaoke, **I highly recommend the Cashbox chain** here in Taipei.

lol @ Jim's "workout"
P.S. Lily, the *málà* hotpot is a **specialty** in Taiwan. **Make sure you try it!**
P.P.S. Are you going with a **tour**, or are you going to be your own **tour guide**?

Thank you so much for the suggestions, everyone! My stomach's already grumbling …
@ Tom I'll be going on my own. It'll be my first traveling by myself …
Wish me luck—I'm off to make my hotel **reservations**!

中文版

救命！我上了旅行的癮，停不下來！

塗鴉牆　　資　料　　討論區　　相　片　　影　片　　活　動

加入

嗨，旅遊同好們，真高興見到你們！我即將在八月到台北旅行一趟，我在想這裡是否有人可以提供觀光上的建議……

莉莉，歡迎加入！依我看來，故宮、台北 101、北投溫泉都是你不可錯過的重要旅遊景點。我也建議你吃遍所有可得的食物，特別是鼎泰豐的小籠包、蚵仔煎、臭豆腐，與士林夜市裡頭賣的點心！

訊息
給一群以世界為家，以行李箱為最佳伴侶的人。

管理員
鄧湯姆（建立者）

我贊成大部分吉姆說的，除了士林夜市——那地方實在太擁擠了！

@ 莫莉，妳說的對，士林夜市非常擁擠，但那也是吸引我的地方。我喜歡推推擠擠的，讓我邊吃邊運動！@ 莉莉，我忘了提這裡的 KTV。台灣可說是擁有全世界最好的 KTV，所以如果妳是卡拉 OK 迷，我大力推薦台北這裡的錢櫃連鎖店。

lol @ 關於吉姆的「運動」
註：莉莉，麻辣火鍋是台灣的特產。你一定要試試看！
附註：你是跟團，還是自己當導遊？

非常感謝你們每個人的建議！我的胃已經在叫了……
@ 湯姆，我會自己去。這將是我第一次自己一個人旅行……祝我好運——我要去預定旅館房間了！

旅遊好用字 Track 23

sightseeing〔ˋsaɪtˌsiɪŋ〕*n.* 觀光

sightsee〔ˋsaɪtˌsi〕*v.* 觀光；看風景

specialty〔ˋspɛʃəltɪ〕*n.* 名產；特產

tour guide〔ˋtur ˌgaɪd〕*n.* 導遊

tourist attraction〔ˋturɪst əˋtrækʃən〕*n.* 旅遊景點

trip〔trɪp〕*n.* 旅行

tour〔tur〕*n.* 旅行團；旅遊

reservation〔ˌrɛzəˋveʃən〕*n.* 預約；預訂

3. 書迷粉絲團 Track 24

英文版

Join Group

Information
Obsessed with all things Harry?
Hey, so are we!

Admins
Melinda Min (creator)

I Want To Be Harry Potter When I Grow Up: A Harry Potter Fan Club

塗鴉牆　資　料　討論區　相　片　影　片　活　動

 Question of the day: Should our **main character** Harry end up with Ginny or Hermione?

 Ooh, Melinda, you're evil! This question is definitely going to stir up some arguments … But **in my opinion, Harry should be with Ginny**!

 I totally disagree with Molly (sorry, Molly). Ginny is so boring. A **hero** like Harry needs a true **heroine** … a heroine like Hermione Granger. Go Hermione!

 Molly's right; it has to be Ginny. The **author** has made it so obvious that Hermione and Ron will get together. Besides, one of the major **themes** in the book is friendship, and the friendship between Harry, Ron and Hermione would be ruined if Harry and Hermione became a couple …

 I still think that the plot would be more interesting if Harry picked Hermione. Don't you agree Hermione is a better **love interest**?

Lily has a point. I would totally date Hermione if I were a guy.

 Me, too!

 Me, three!

中文版

我長大要當哈利波特：哈利波特粉絲俱樂部

| 塗鴉牆 | 資 料 | 討論區 | 相 片 | 影 片 | 活 動 |

加入

訊息
迷戀關於哈利的一切嗎？嘿，我們也是！

管理員
梅玲達敏（建立者）

 今日的問題：我們的主角哈利最後應該跟金妮還是妙麗在一起？

 喔，梅玲達，妳真壞！這個問題一定會掀起一些口水戰……但是依我看來，哈利應該和金妮一起！

 我完全反對莫莉的說法（抱歉，莫莉）。金妮很無趣。像哈利這樣的主角需要一位真正的女主角……一名像妙麗的女主角。加油，妙麗！

 莫莉是對的；一定非金妮莫屬。作者的安排非常明顯，妙麗和榮恩會在一起。除此之外，書中主要的主題之一是友情，如果哈利跟妙麗變成一對的話，哈利、榮恩與妙麗之間的友情將會被破壞……

我仍然覺得如果哈利選擇妙麗的話，劇情會有趣得多。妳難道不同意妙麗是談戀愛的更好選擇嗎？

 莉莉說得有道理。如果我是男生的話，一定跟妙麗交往。

 我也是！

 我也是！

談書好用字　💿 Track 25

character〔`kærɪktə〕n. 角色

main character〔`men `kærɪktə〕n. 主角

hero〔`hɪro〕n. 男主角

heroine〔`hɛro‧ɪn〕n.（小說等的）女主角

author〔`ɔθə〕n. 作者

plot〔plɑt〕n. 劇情

love interest〔`lʌv ˌɪntrɪst〕n.（與男主角）談戀愛的角色

theme〔θim〕n. 主題

4. 學生社團　 Track 26

英文版

Join Group

Information
Connecting students with their futures.

Admins
• Matt Mo (creator)
• Calvin Chu

Business Students Network

| 塗鴉牆 | 資 料 | 討論區 | 相 片 | 影 片 | 活動 |

 Just wanted to let everyone know that ABC Computers has several **job openings**. **Applications** are available on their website.

 Thank you for sharing the news, Calvin. They're a great company; I did an **internship** there last year.

 @ Elinor **What are your thoughts on the chances of a recent college graduate (me) getting one of those jobs?** ☺

 @ Matt Well, I'm sure that it all depends on your **résumé, letters of recommendation** and grades—which are probably all excellent, so don't worry!

Is one's **undergraduate degree** important, Elinor? I'm not a business major, but I do want to work in business …

 @ Jim Hmm. **In my opinion, your undergraduate degree shouldn't matter.** What matters more is your experience, attitude, and willingness to work long hours for a low salary!

中文版

商學院學生聯網

途鴉牆　資料　討論區　相片　影片　活動

加入

訊息
連結學生與他們的未來。

管理員
• 莫麥特（建立者）
• 朱凱文

 只是要讓各位知道 ABC 電腦有幾個工作機會。申請表在他們的網站上可以取得。

謝謝你分享這個訊息，凱文。他們是一家很棒的公司，我去年在那裡實習。

@ 伊林諾，對於一個準大學畢業生（例如我）能拿到其中一項工作的勝算，妳的看法是什麼？☺

@ 麥特，嗯，我確信這取決於你的履歷、推薦信與成績——這些你或許全都很優秀，所以別擔心了！

個人的大學成績重要嗎，伊林諾？我的主修並非商學，但我真的想從事商業相關的工作。

@ 吉姆，嗯，依我看來，你的大學學位應該不是重點。真正要緊的是你的經驗、態度與願意接受長時間工作的低廉薪資！

求職好用字 　Track 27

job opening〔`dʒɑb `opənɪŋ〕*n.* 工作機會
application〔ˌæpləˋkeʃən〕*n.* 申請
internship〔`ɪntɝnˌʃɪp〕*n.* 實習
college graduate〔`kɑlɪdʒ `grædʒuɪt〕*n.* 大學畢業生

résumé〔ˌrɛzuˋme〕 n. 履歷

letter of recommendation〔ˋlɛtɚ ˌəv ˌrɛkəmɛnˋdeʃən〕 n. 推薦信

undergraduate〔ˌʌndɚˋgrædʒuɪt〕 n. 大學部在校生 adj. 大學部的

degree〔dɪˋgri〕 n. 學位

salary〔ˋsælərɪ〕 n. 薪水

Exercise

　　以下介紹幾個真正的臉書社團，你或許會覺得它們頗具娛樂效果。進去看看，如果你喜歡就加入並開始練習你在本章學到的英文吧！

粉絲團："Nerd?" We prefer the term "intellectual badass."
「怪胎？」我們比較喜歡「知識悍將」這個名稱。

這一個社團是給那些欣然接受你體內住著怪胎的人。以你的本性為榮，我的朋友，與社團中其他跟你一樣的人分享那份榮耀。討論的話題可能從「你是哪種怪胎？」到「統治世界」。

粉絲團：I Use My Cell Phone to See in the Dark
我用我的手機在黑暗中照明

迷上你的手機了嗎？歡迎來到這個俱樂部。在這個社團裡你將遇到其他手機狂，並有機會討論爆笑的問題像是：「你跟手機睡覺嗎？」

粉絲團：I Enjoy Reading Bathroom Graffiti
我愛讀廁所塗鴉

我想光從社團名稱就可知道這個社團宗旨為何。但說實在的，誰說廁所塗鴉（bathroom graffiti）不是藝術？（可想而知，一定不是這群人！）

Chapter 4

Events 活動 ——邀請大家一起來

有人問我爲何選擇使用臉書的活動功能（Event）邀請朋友參加許多不同的活動，我回應：「爲什麼不？」這是如此方便的一項功能；所有重要的細節都包括在「電子邀請」裡，並且免費發送。再加上，我可沒那麼多時間浪費在舔郵票與寫地址在信封上！

在這一章裡，我就要來教各位提出邀請、回應邀請，以及事後感謝對方邀約……等用語，除了在臉書，當各位在工作上需要邀請客戶、或是回應客戶邀約時，這些用語一樣可以派上用場。

在下面的對話，Molly 想利用臉書爲她最要好的朋友籌畫一場派對。但發生了一些小插曲……派對能否按計畫繼續進行？繼續閱讀便知分曉！

Track 28

When I'm not sleeping or studying, I like visiting different cafés around town. I'm a big fan of coffee, in other words. If you're interested in meeting me, just send me a message and perhaps we can get together over a latte or two … or twenty.

朋友 ▼

塗鴉牆   資料   相片

 Hey! How did your exams go?

 Pretty well, considering I didn't really study.

 Haha, you're terrible. I wish I could not study and still get As.

 When you're as great as I am, these things come naturally …

 If we weren't friends, I think I'd hate you.

 ☺

 Oh, hey, **I'm having a party at my place this weekend**, before everyone goes back home for the break. **Are you free**?

 I hope so … **When is it**?

 It's on Saturday.

 Oh, good. I'm available.

Yay!

翻 譯

毛莫莉：嘿！你的考試結果如何？

鄧湯姆：相當不錯，照我其實沒念什麼書的情形來看。

毛莫莉：哈哈，你真糟糕。我希望我可以不用讀書還能拿 A。

鄧湯姆：當妳跟我一樣厲害的時候，這些事情就會自然發生了……

毛莫莉：如果我們不是朋友的話，我想我會恨你。

鄧湯姆：☺

毛莫莉：喔，嘿，在大家放假回家之前，這個週末我要在我家辦個派對。你有沒有空？

鄧湯姆：我希望有……什麼時候？

毛莫莉：在星期六。

鄧湯姆：喔，好耶。我有空。

毛莫莉：耶！

1. 邀請好用句   Track 29

提出邀請 Making an Invitation

較不正式 Less Formal

Are you Adj. ...?
你有沒有（形容詞）……？

▶ **Are you** available for a get-together at my place next week?
你下禮拜有沒有空參加在我家舉辦的聚會？

較正式 More Formal

Would you be interested in Ving ...?
你有沒有興趣（動名詞）……？

▶ **Would you be interested in** visiting Calvin at his new apartment?
你有沒有興趣到凱文的新公寓拜訪他？

詢問活動細節 Getting Event Details

較不正式 Less Formal

Where's N ...?
（名詞）在哪裡？

When's N ...?
（名詞）在什麼時候？

▶ **Where's** the picnic going to be? And **when is** it happening?
野餐將在哪裡舉行？在什麼時候舉辦？

較正式 More Formal

Where are you Ving **the** N?
你將在哪裡（動名詞）（名詞）？

When are you Ving **the** N?
你將在什麼時候（動名詞）（名詞）？

▶ **Where are you** going to have **the** bridal shower? And **when are you** having it?
妳在哪裡舉行準新娘慶祝派對？妳要在什麼時候辦？

◯ 提供活動細節 Giving Event Details

It's on date/day **at** place.
（日期）在（地點）。

▶ **It's on** May 24 **at** Le Café.
五月 24 日在 Le Café 咖啡廳。

I'm Ving **a** N **at** location **on** date/day.
（日期）我將在（地點）（動名詞）。

▶ **I'm** having **a** surprise party for Tom **at** Lily's place **on** Friday.
星期五我要在莉莉家為湯姆舉辦一場驚喜派對。

▶ **I'm** holding **a** dinner party **at** my apartment **on** Tuesday night.
星期二晚上我要在我的公寓舉辦一場晚餐聚會。

○ 接受與拒絕 Accepting and Declining

較不正式 Less Formal

I'm Adj. (Thanks!)

我（形容詞）。（謝謝！）

▷ **I'm** down. **Thanks!**

　我可以。謝謝！

I would, but .... (Sorry!)

我是想，但是……。（抱歉！）

▷ Oh, **I would, but** I have so much work to do. **Sorry!**

　喔，我是想，但是我有好多工作要做。抱歉！

較正式 More Formal

I'd love to V. (Thanks for inviting me.)

我很樂意（動詞）。（謝謝你邀請我。）

▷ **I'd love to** attend. **Thanks for inviting me.**

　我很樂意參加。謝謝你邀請我。

I'm sorry, I can't. I'm ....

很抱歉，我不行。我……。

▷ **I'm sorry, I can't. I'm** busy on the 15th.

　很抱歉，我不行。我 15 號很忙。

○ 重新安排時間 Rescheduling

較不正式 Less Formal

Can we V some other time?

我們能不能改其他時間（動詞）？

▷ **Can we** go **some other time**? I'm busy tonight.

　我們能不能改其他時間去？我今晚很忙。

較正式 More Formal

Do you think we could reschedule? I have to V ....

你覺得我們可以重新安排時間嗎？我必須去……。

▶ **Do you think we could reschedule? I have to** run some errands tomorrow.

你覺得我們可以重新安排時間嗎？我明天必須去處理一些雜務。

○ 對主辦人表達感謝 Thanking the Host

較不正式 Less Formal

Thanks for Ving ....

謝謝（動名詞）……。

▶ **Thanks for** having us over.

謝謝邀請我們來。

較正式 More Formal

Thanks for N. (I had a Adj. time.)

謝謝（名詞）。（我玩得很（形容詞）。）

▶ **Thanks for** a fantastic evening. **I had a** wonderful **time**.

謝謝這個美妙的夜晚，我玩得很愉快。

2. 舉辦活動

英文版

The Farewell and See You Soon Party
"Goodbye, School, and Hello, Summer!"

Type: Party – House Party

Date: Saturday, June 6   Time: 9:00 p.m. – 1:00 a.m.

Location: Molly's Apartment

Description

Another year at college ends … but not without one last party to celebrate. Finals? What finals? Let's eat, drink, and be merry!

Your RSVP

○ Attending

○ Maybe attending

○ Not attending

Confirmed Guests

This event has 20 confirmed guests.

     (see all)

Maybe Attending (4)

(see all)

塗鴉牆 | 資 料 | 討論區 | 相 片 | 活 動

 Yay, all my favorite people are coming!

 … Except Lily, apparently.

 I heard she has a date on Saturday …

 What? Are you serious? How come I don't know anything about it??

 Uh-oh. I smell trouble.

 Has anyone else noticed that Calvin's status is "Maybe Attending"?

Awaiting Reply (1)

Admins

Molly Mao (creator)

中文版

告別與即將再見面派對
「再見學校，哈囉夏天！」

類型：室內派對

日期：星期六，6 月 6 日　　　　時間：晚間 9 點至凌晨 1 點

地點：莫莉的公寓

活動簡介

在大學裡又過一年了……但可不能少了最後的派對來慶祝一下。期末考？管他什麼期末考？一起來吃、喝、玩樂吧！

你的回覆

○ 參加

○ 可能參加

○ 無法參加

確認出席賓客

此活動已有 20 人確認參加

（見全部）

可能參加（4）

（見全部）

| 塗鴉牆 | 資料 | 討論區 | 相片 | 活動 |

等候回覆（1）

耶，所有我喜愛的朋友都會來！

顯然地……除了莉莉以外。

我聽說她星期六有約會……

什麼？妳說真的嗎？怎麼我什麼都不知道？

哦喔。我嗅到麻煩了。

有沒有人注意到凱文的狀態是「可能參加」？

管理員

毛莫莉（召集人）

3. 「幕後」追蹤

　　好友 Molly 辦了派對，為什麼 Lily 和　　Lily 和 Calvin 二人之間的訊息往返吧。
Calvin 不能參加？想知道原因，就請看看

 Track 30

June 5 at 11:18 a.m.

I think Molly's mad at us. **Do you think we could reschedule the trip** for another time? I should probably be at her party …

翻譯

6 月 5 日早上 11 點 18 分

我想莫莉在生我們的氣。你覺得我們可以重新安排這趟旅行改成其他時間嗎？我或許應該去她的派對的……

June 5 at 12:15 p.m.

Yeah, good idea. But why don't we attend the party together? **Would you be interested in being my date?** ☺

翻譯

6 月 5 日下午 12 點 15 分

是啊，好主意。那我們何不一起參加派對？妳有沒有興趣當我的約會對象？

June 5 at 12:29 p.m.

I'd love to go with you as your date!

翻譯

6 月 5 日下午 12 點 29 分

我很樂意當你的約會對象跟你一同前往！

June 5 at 7:06 p.m.

Cool. So, um, when should we tell everyone that we've been secretly dating for the last two months?

翻譯

6 月 5 日下午 7 點 06 分

太棒了。所以，嗯，我們什麼時候應該告訴大家最近這兩個月我們一直在秘密交往？

Calvin 和 Lily 向好友坦承這段秘密戀情後，一同出席了 Molly 的派對並度過一個熱鬧愉快的夜晚，下面是這群死黨在派對結束後的對話。

 Track 31

June 7 at 9:50 a.m.

Hi, Molly,

The party was amazing. **Thanks for inviting me**. **I had a great time**, and now you know the real reason why Lily and I responded so late to the invitation!

翻譯

6 月 7 日上午 9 點 50 分

嗨，莫莉，派對辦得真棒。謝謝妳邀請我。我玩得很高興，現在妳知道為什麼莉莉跟我這麼晚回覆邀請的真正原因了！

June 7 at 10:12 a.m.

Yes, I still can't believe you guys have been secretly going out for so long! But I'm glad you both decided to come to my party in the end. ☺ Take care of Lily, okay?

翻譯

6 月 7 日上午 10 點 12 分

是的，我仍然不敢相信你們竟然已經秘密交往這麼久！但是我很高興你們最後都決定來參加我的派對。照顧莉莉，好嗎？

June 7 at 12:44 p.m.

Someone was busy last night, I see …

翻譯

6 月 7 日下午 12 點 44 分

有人昨晚很忙，原來⋯⋯

June 7 at 3:59 p.m.

Harhar. I guess it's your and Molly's turn now.

翻譯

6 月 7 日下午 3 點 59 分

哈哈。我想這下該輪到你和莫莉了。

June 7 at 4:15 p.m.

Me and Molly? I have no idea what you're talking about …

翻譯

6 月 7 日下午 4 點 15 分

我跟莫莉？我不知道你在說什麼⋯⋯

Chapter 5

Online Language 線上用語

——這樣聊才夠 e 世代

在我 10 歲的時候，我很快就能理解 :-) 和 X-(這類的表情符號是什麼意思，我的美國朋友們對於此類符號相當瘋狂，我也不例外。可是，當我 21 歲在台灣時，我對於 orz 代表什麼完全摸不著頭緒。我試著大聲唸出 o、r、z 或是發出像 oar-zuh 這樣的聲音，沒有一個符合邏輯。然後我試著把它當成像是 XD 或是 ^_^ 這類的臉部表情，不，它看起來一點也不像是臉部表情。最後，一位有耐心的台灣朋友向我解釋，orz 可用來表示誇張的「五體投地式崇拜」或是「徹頭徹尾地被打敗」，原來 orz 看起來就像一個人臉朝下、跪趴在地，在東亞文化裡一般代表尊敬、道歉、或羞愧。當朋友問我是否已經了解，我只簡單地回了他們三個字母：orz。

為了不讓學生們陷入像我一樣的窘境，我在這一章收集了母語人士常用的線上用語，包含常用縮寫、表情符號等。讀者們，學會它們、記得它們、然後開始使用它們吧！

1. 常用縮寫

常用的英文線上俚語通常都是縮寫（abbreviation）型式。這些縮寫非常普及，年輕一輩的人在對話中幾乎都是使用縮寫、而不是原本的完整用語。這些縮寫起先是因為便利而生，現在它們已是線上溝通的一部分，用來表示特定的情緒（例如：愉快、懷疑、生氣等。）看看下列的對話，你就會知道我的意思……。

I enjoy biking and swimming. Actually, I enjoy almost every competitive sport there is. You might call me aggressive. I prefer to think of myself as a winner.

朋友 ▼

塗鴉牆　　資 料　　相 片

 Melinda thinks she's Harry Potter.

 Are you serious? **LOL** …

 I'm serious. She takes a broomstick to class, and she wants to buy a cat.

 LMAO!

 She even asked me to go to the pet store with her today.

 You didn't say yes, did you?

 Hold on. Telephone's ringing. **BRB**.

 That was Melinda. She wants me to meet her at the pet store now. **BBL**.

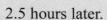 OK. **TTYL**. Tell me about it when you get back.

2.5 hours later.

 I'm back. So, guess what? She got a cat, after all.

 WTH? I thought she was just kidding around.

Oh, nooooo, she's serious about this. **BTW** … She wants you to be her Ron Weasley.

WTF!

Yeah, **IDK** what's going on with her these days. But I'd be flattered if I were you. ;)

Is this supposed to be flattering? I have to say I'm a little freaked out …

Oh, then **NM**. Forget I said anything! :P

Then again, Ron was always my favorite character …

I always thought you'd be a good Ron.

Yeah! **IMO**, Ron's a better character than Mr. "My Life Sucks." I mean, Harry.

Definitely.

RON WEASLEY **FTW**!

So, Ron, what are you going to do about "Hermione"?

AFAIK, she should be the one making the first move …!

翻 譯

毛莫莉：梅玲達以為她是哈利波特。

朱凱文：妳說真的？ 大聲笑了出來（LOL）……

毛莫莉：我說真的。她帶了一根掃帚到教室，並且還想買一隻貓。

朱凱文：笑死我了！（LMAO!）

毛莫莉：她今天甚至要我跟她去寵物店。

朱凱文：妳沒說好吧，對不？

毛莫莉：等等。電話鈴響。馬上回來（BRB）。

毛莫莉：是梅玲達。她要我現在去寵物店跟她碰面。稍後回來（BBL）。

朱凱文：好，等一下聊了（TTYL）。等妳回來再跟我說。

〜 2.5 小時過後〜

毛莫莉：我回來了。結果，猜猜看怎麼著？她最終還是買了一隻貓。

朱凱文：搞什麼鬼（WTH）？我以為她只是開開玩笑。

毛莫莉：喔，不，她挺認真的。順便一提（BTW）……她想要你當她的榮恩‧衛斯理。

朱凱文：什麼鬼東西（WTF）！

毛莫莉：是啊，我不知道（IDK）她這幾天怎麼了。但如果我是你，我還感到挺榮幸的。

朱凱文：這應該是一種榮幸嗎？我必須說我有點嚇壞了！

毛莫莉：喔，那麼算了（NM）。忘了我說的任何事！ :P

朱凱文：不過呢，榮恩總是我最愛的角色……

毛莫莉：我一直覺得你扮榮恩一定最像了。

朱凱文：是啊！依我看來（IMO），榮恩的角色比那位「我真命苦」先生——我是指哈利，來得好多了。

毛莫莉：絕對的。

朱凱文：榮恩‧衛斯理勝出（FTW）！

毛莫莉：那麼，榮恩，你要對「妙麗」怎麼處置？

朱凱文：就我所知（AFAIK），她應該是先採取行動的人……！

試著猜猜上面對話中的縮寫代表什麼意思，然後用下列常用縮寫的表格來比較你的答案。你猜對了多少呢？

縮寫	代表的用語	意義
lol	laughing out loud	放聲大笑
lmao	laughing my a** off	狂喜、lol 的極度版
brb	be right back	短暫離開、馬上回來
bbl	be back later	比 brb 久一點的離開
ttyl	talk to you later	稍後再聊、比 brb 久一點的離開
wth	what the hell	表示驚訝、不可置信、惱怒或生氣
wtf	what the f***	表示驚訝、不可置信、惱怒或生氣，wth 的極度版
idk	I don't know	我不知道
nm / nvm	never mind	別介意；算了
imo	in my opinion	依我看來
ftw	for the win	對某事的狂熱支持或喜愛（通常接在所狂熱的事物後面）
afaik	as far as I know	就我所知

註 有些用語常在影集中出現，知道它們可以有助理解；但有些用語較不文雅，不鼓勵讀者使用喔。

2. 網路新字

身為一個托福口說老師，教學生使用字彙是我的工作之一。然而，有時候在 Facebook 這類的網站猛然看到一些新字，不免還是會困惑。《牛津英文字典》（*Oxford English Dictionary*）決定把 unfriend 這個字當成 2009 的年度字彙，更可顯示出此類網路新字對於我們文化以及日常生活的重要性。下面的字彙表列出了常用的網路新字，下次當你瀏覽網頁、看電影或影集……時，記得睜大眼睛、打開耳朵，看看這些網路新字被用了多少次。

Track 32

交朋友（Making a Friend）		失去朋友（Losing a Friend）		工具列常用字（Friendship Tools）	
(to) add sb.	加某人為朋友	(to) remove sb.	刪除某人	(to) upload sth.	上傳
(to) friend sb.	加某人為朋友	(to) block sb.	封鎖某人	(to) update sth.	更新
(to) message sb.	發訊息給某人	(to) defriend sb.	把某人從聯絡人刪除	(to) remove sth.	移除
				(to) take down sth.	刪除
		(to) unfriend sb.	把某人從聯絡人刪除	(to) tag sth.	標籤
				(to) post sth.	發文

3. 表情符號

　　對字彙厭煩了嗎？或許你的生活中需要更多的表情符號。下列是母語人士常用的表情符號，如果不希望下次自己看到這些「圖案」時會錯意，就花點時間了解一下吧。

表情符號	代表的意義
:-)	笑臉
^_^	非常開心的笑臉
:-(	難過的臉
T^T	非常難過的臉
X-(	生氣的臉
>.<	惱怒的表情或抽蓄扭曲
-_-	「搞什麼鬼啊？」或「嗯，好吧……」的萬用表情
D:	「義憤填膺」
:T	「我對你的評論感到有些好笑。」
\(^o^)/	「耶！」或「我們來慶祝吧！」
Q(-_-Q)	「再靠近一點，我諒你也不敢……」
t(>_<)t	"*@!$ you!"「x x 你！」
d(^-^)b	「幹得好」
(-.-)a	「我搞不懂。」或「發生什麼事了？」

(@_@)	「我非常、非常的累。」或「資訊超載」。
o_O	「你真是個怪胎。」
(-_-);;;	「雖然我們是朋友，我仍然覺得那非常遜。」
()u_u()	「我是一隻可憐又可愛的小狗。」

Exercise

請試著完成下列練習，看看你是否學會了本章的內容。

(   ) **1.** jerry_the_mouse: I'm going to get something to eat. See you.

tomcat: Okay, _____.

A. wth

B. brb

C. ttyl

(   ) **2.** superman119:   What do you think of President Ma?

batmanisBETTER: _____, he's quite a nice guy.

A. IMO

B. NM

C. BBL

(   ) **3.** 1stAdam: When are you coming home for dinner?

AGirlCalledEve: Sorry, _____ ... not sure when the meeting will end.

A. wtf

B. idk

C. ftw

(   ) **4.** frodoforever: Has everyone arrived at the hotel for the conference?

sexy_sweet_sam: _____, only Gandalf and Aragorn are here.

A. AFAIK

B. FTW

C. IDK

(   ) **5.** After they broke up, Georgia _____ Freddy from her friends list.

       A. added

       B. removed

       C. posted

(   ) **6.** They _____ me on Facebook to tell me about the dinner arrangements.

       A. messaged

       B. unfriended

       C. blocked

(   ) **7.** Jenna has way too much time on her hands. She _____ her profile every 20 minutes!

       A. friends

       B. tags

       C. updates

(   ) **8.** I spent two hours _____ the drunk pictures my friends took of me at last night's party.

       A. taking down

       B. defriending

       C. friending

解 答

1. C

譯文 傑利鼠：我要去找些東西吃。再見。

湯姆貓：好，稍後再聊。

2. A

譯文 超人 119：你覺得馬總統怎麼樣？

蝙蝠俠更好：在我看來，他是個挺不錯的人。

3. B

譯文 第一個亞當：妳什麼時候回來吃晚餐？

名叫夏娃的女孩：抱歉，我不知道……不確定會議什麼時候結束。

4. A

譯文 永遠的佛羅多：大家都到飯店準備開會了嗎？

性感甜美的山姆：就我所知，只有甘道夫與亞拉岡在這兒。

5. B

譯文 他們分手後，喬治雅將菲瑞迪從她的朋友清單刪除。

6. A

譯文 他們在臉書上傳訊給我告訴我關於晚餐的安排。

7. C

譯文 珍娜實在太閒了。她每二十分鐘就更新她的個人檔案！

8. A

譯文 我花了兩小時拿掉昨晚派對上我朋友拍我酒醉的照片。

國家圖書館出版品預行編目資料

宅出好英文：用 facebook 邊玩邊學 / Victoria Chen 作; 戴至中、杜文田譯.
　——初版. ——臺北市：貝塔出版：智勝文化發行, 2010.07
　　面；　　公分

　　ISBN 978-957-729-794-5（平裝附光碟片）

　1. 英語　2. 語言學習　3. 網路資源　4. 網路遊戲　5. 網路社群

805.1029　　　　　　　　　　　　　　　　　　　　99009861

宅出好英文：用 facebook 邊玩邊學

作　　　　者／Victoria Chen
譯　　　　者／戴至中、杜文田
插　畫　者／水腦
企劃＆執行編輯／陳家仁

出　　版／貝塔出版有限公司
地　　址／台北市 100 館前路 12 號 11 樓
電　　話／(02) 2314-2525
傳　　真／(02) 2312-3535
客服專線／(02) 2314-3535
客服信箱／btservice@betamedia.com.tw
郵撥帳號／19493777
帳戶名稱／貝塔出版有限公司

總 經 銷／時報文化出版企業股份有限公司
地　　址／桃園縣龜山鄉萬壽路二段 351 號
電　　話／(02) 2306-6842

出版日期／2010 年 7 月初版一刷
定　　價／220 元
ISBN：978-957-729-794-5

宅出好英文：用 facebook 邊玩邊學
Copyright 2010 by Beta Multimedia Publishing

貝塔網址：www.betamedia.com.tw

喚醒你的英文語感 ！

請對折後釘好，直接寄回即可！

廣　告　回　信
北區郵政管理局登記證
北 台 字 第 1 4 2 5 6 號
免　貼　郵　票

100　台北市中正區館前路12號11樓

貝塔語言出版 收
Beta Multimedia Publishing

寄件者住址

貝塔語言出版
Beta Multimedia Publishing

讀者服務專線（02）2314-3535　　讀者服務傳真（02）2312-3535
客戶服務信箱　btservice@betamedia.com.tw
www.betamedia.com.tw

謝謝您購買本書！！

貝塔語言擁有最優良之英文學習書籍，為提供您最佳的英語學習資訊，您可填妥此表後寄回（免貼郵票）將可不定期收到本公司最新發行書訊及活動訊息！

姓名：_____ 性別：□男 □女 生日：____年____月____日

電話：(公)_____(宅)_____(手機)_____

電子信箱：_____

學歷：□高中職含以下 □專科 □大學 □研究所含以上

職業：□金融 □服務 □傳播 □製造 □資訊 □軍公教 □出版

　　　□自由 □教育 □學生 □其他

職級：□企業負責人 □高階主管 □中階主管 □職員 □專業人士

1. 您購買的書籍是？_____

2. 您從何處得知本產品？(可複選)

　　　□書店 □網路 □書展 □校園活動 □廣告信函 □他人推薦 □新聞報導 □其他

3. 您覺得本產品價格：

　　　□偏高 □合理 □偏低

4. 請問目前您每週花了多少時間學英語？

　　　□ 不到十分鐘 □ 十分鐘以上，但不到半小時 □ 半小時以上，但不到一小時

　　　□ 一小時以上，但不到兩小時 □ 兩個小時以上 □ 不一定

5. 通常在選擇語言學習書時，哪些因素是您會考慮的？

　　　□ 封面 □ 內容、實用性 □ 品牌 □ 媒體、朋友推薦 □ 價格 □ 其他_____

6. 市面上您最需要的語言書種類為？

　　　□ 聽力 □ 閱讀 □ 文法 □ 口說 □ 寫作 □ 其他_____

7. 通常您會透過何種方式選購語言學習書籍？

　　　□ 書店門市 □ 網路書店 □ 郵購 □ 直接找出版社 □ 學校或公司團購

　　　□ 其他_____

8. 給我們的建議：_____

_____

喚醒你的英文語感！

Get a Feel for English !

喚醒你的英文語感！

Get a Feel for English!